SHIGUANG LOUXIANG

一部风味独特的散文集
写出了湘西真实的人间样貌

太阳山 / 光阴的舍利子
时光里的老行当 / 蜕变 / 筑梦湘楚

著名作家 王跃文 赵本夫 联袂推荐

向芳瑾 ◎ 著

时光溜香

人生浮世三千，生命转换层叠
不断地延续和更新，里面有不一样的人间烟火

北方文艺出版社

图书在版编目（CIP）数据

时光漏香 / 向芳瑾著. —— 哈尔滨：北方文艺出版社，2024.8
ISBN 978-7-5317-6026-9

Ⅰ.①时… Ⅱ.①向… Ⅲ.①散文集—中国—当代 Ⅳ.①I267

中国国家版本馆CIP数据核字（2023）第173582号

时光漏香
SHIGUANG LOUXIANG

作　者 / 向芳瑾　　　　　　　封面题字 / 谌敬业
责任编辑 / 张贺然　　　　　　封面设计 / 云上雅集

出版发行 / 北方文艺出版社　　　邮　编 / 150008
发行电话 / (0451) 86825533　　经　销 / 新华书店
地　址 / 哈尔滨市南岗区宣庆小区1号楼　网　址 / www.bfwy.com

印　刷 / 长沙市精宏印务有限公司　　开　本 / 710mm×1000mm 1/16
字　数 / 150千　　　　　　　　　　印　张 / 13.5
版　次 / 2024年8月第1版　　　　　　印　次 / 2024年8月第1次印刷
书　号 / ISBN 978-7-5317-6026-9　　定　价 / 78.00元

序

⊙ 赵本夫

《时光漏香》是一部风味独特的散文集，其水平超出我的阅读预期。

《时光漏香》的文稿寄来时，我本未抱太大期待，可是打开文稿，看见《太阳山》中的一句"整个村庄泊在月色中"，竟然让我心动了。对月光下的村庄见过无数描述，比如，"躺""卧""沉睡""沐浴"等。但这些词语都被人用烂了，"泊"字却另有韵味。一个"泊"字有了诗情，有了动感。月光如水，而村庄如船，在水波光影里浮动，如梦如幻。让人想到这个村庄虽已睡去，人们却在做着奇奇怪怪的梦，这不是一个死气沉沉的村庄，而是个有故事的地方。这个"泊"字让我想到《水浒传》第三回"鲁提辖拳打镇关西"一节，鲁智深为帮金家父女逃走，去郑屠户那里以买肉为名拖延时间，极尽捉弄，终于惹得郑屠户暴怒："从肉案上抢了一把剔骨尖刀，托地跳将下来。鲁提辖早拔步在当街上。"在描述中一个"拔"字，用得最为经典，不仅显出鲁智深的反应迅捷威猛，甚至能让我们猜到他的体重，怎么也得在一百八十斤以上。如果是燕青在此，就决不会用这个"拔"字。在这部散文集里，新鲜的句子经常出现："这是一座火车拖来的城市""活得严肃""年轻人和村里的水牛一样已经非常稀少了""炊烟袅袅，一个家便活了""历尽沧桑的人，世界已拿他没有办法"等此类句子，都属于作者自己的语言。一篇文章或一部作品里，完全不用大家熟悉的语言是不可能的，但完全没有自己的语言则是缺少才气的表现。文学毕竟是语言的艺术，如果没有对语言的敏感和自觉追求，满篇陈词滥调，只能是一个平庸的写作者。从这部散文集可以看到作者显然是有语言天赋的。对一个作家来说，这非常重要。

我居然一口气读完了寄来的十九篇散文。

总体上说，这是一批具有原汁原味、内容丰沛、风光绚丽的作品。更重要的是它的独特性。说它独特是因为作品充满了只有湘西才有的风情。湘西曾经是无数人魂牵梦萦的地方。这片巫风楚地和别处有太多的不一样：妖娆的夜、让人迷离的落洞、与老人生死相伴的狗、茶马古道、衙门边的老屋……这些只属于湘西的故事和人物，都写得扎实而又飘逸，走笔从容，不动声色，写出了湘西真实的样貌。其中，有些文章是可以当小说阅读的，甚至可以感到一些沈从文作品的影子。看得出，那位也是从湘西走出来的先辈作家对作者是有影响的。

湘西也曾是我的祖居地。南宋末年，我的先人因战乱逃离雪峰山中的隆回县，历尽辗转磨难，最后落脚在苏鲁皖交界的地方，两地相距两千多里，从此和故乡失去了联系。直到近年才借助家谱和互联网找到这里。2019年深秋时节，我趁参加雪峰山笔会的机会，第一次到隆回县赵家垄认祖归宗。当宗亲们敲锣打鼓执手泪眼迎接我的时候，我止不住泪流满面。那一刻，我忽然觉得一别七百多年，同为"琴鹤堂"子孙，我们并没有走远。回忆多年前，我第一次去湘西时曾莫名激动，后来才明白原来是血液里藏着一个久远的记忆。向芳瑾这部散文集，让我进一步了解了湘西，懂得了湘西。那不仅是一块野性如山的土地，也是一个多情的温柔之乡。

作者是幸运的，因为湘西也是一方文学的沃野。听说向芳瑾读过不少书，去过国内外很多地方，视野是开阔的，只要守住这片土地，一定会写出更好的作品！

是为序。

2024年4月26日于南京紫金山下

（赵本夫，当代著名作家。至今出版中外文小说、散文集五十多部。先后获全国优秀短篇小说奖、首届汪曾祺华语小说奖、第三届施耐庵文学奖、《小说选刊》双年奖、《小说月报》百花奖等二十多种奖项。代表作有《绝唱》《走出蓝水河》《天下无贼》《无土时代》《天漏邑》等。被评论家誉为"既具靠前视野，又有草根情怀"和"富有中国气派"的实力派作家。）

C目录
CONTENTS

一辑　太阳山

太阳山……………………………………………… 002

醉在旺溪山水间…………………………………… 007

穿岩山与屈赋昆仑悬圃…………………………… 011

卢峰山寻古………………………………………… 017

穿岩山野生茶的前生后世………………………… 022

雁鹅界上晒秋……………………………………… 027

千年古县　美丽沅陵……………………………… 031

福寿阁……………………………………………… 037

山鬼与洞垴………………………………………… 043

风云乌龟寨………………………………………… 048

油菜花开…………………………………………………051

恋上山背的美……………………………………………053

穿岩山的风………………………………………………056

二辑　光阴的舍利子

光阴的舍利子……………………………………………060

我的父亲母亲……………………………………………063

衙门边的老屋……………………………………………066

儿时的春天………………………………………………070

军　属……………………………………………………072

院锁春秋梦………………………………………………075

村　庄……………………………………………………080

慧　子……………………………………………………085

夜…………………………………………………………088

日　落……………………………………………………090

鞋…………………………………………………………094

三辑　时光里的老行当

时光里的老行当…………………………………………098

辰河戏 ·· 104

　　溆浦老牌 ·· 108

　　漫谈龙潭宗祠 ·· 112

　　湖湘文化与溆浦书院 ·· 119

　　小人书 ·· 126

　　溆水风情 ·· 130

四辑　蜕　变

　　蜕　变 ·· 136

　　老人与狗 ·· 143

　　三生石下的姻缘 ·· 147

　　爱的离别 ·· 152

五辑　筑梦湘楚

　　筑梦湘楚 ·· 160

　　穿岩山蝶变

　　　　——穿岩山4A级景区蜕变侧记 ················ 165

　　陈黎明的《辞海》情 ·· 171

　　用春风煮出的文字《诗经》 ···························· 175

读向晓金散文诗集《春天的微笑》有感……………………180

青山埋忠骨，寒光照铁衣

  ——观《长津湖》影片有感………………………182

考察桥江严如熤故居………………………………………185

茶马古道蹄声远……………………………………………188

犟老头经安先生……………………………………………195

后　记………………………………………………………201

一辑 Yi ji

太阳山

整个村庄泊在月色中，时间像浮云一朵，吹散它的风藏在岁月里，遗留下的静美总能让人记住……

太阳山

太阳山属于雪峰山系的东南山脉,白马山西延,是溆浦第二高峰,是雪峰山主脉中段白马山系中的一座大山,位于娄(底)、邵(阳)、怀(化)三市交界之地。海拔1596米,东为风车巷。风车巷北去5千米为红岩山,随脊迂回北去8千米至分水界,为溆浦、新化两县河流的源头,北对丫坡、观音山、四十八湾、紫荆山,紫荆山北迤为师道岩,止杉木塯北麓的来溪,白马山系逶迤于县境东南,延伸125里(1里等于500米)。

一听到太阳山这个名字,就会想起太阳山在一片金色霞光中升起,自古以来人们取名自有它的寓意。听山里的土著居民说,他们的祖上曾经在这山里采金子日产半吨而发家致富,能富过三代。因太阳山是产金子的地方,这块土地富饶肥沃得令人嫉妒,听这里的老人说,随便就这么踩上一脚,回家控一下鞋底,就能倒出金子来,这里的金山银山也真不是空穴来风。太阳山的名字与金木水火土里"金"字是息息相关。因为有了金子,这个地方曾经的繁华超乎想象,能在这深山老林里形成一条五里街百日场,专门为纷至沓来的各地商贩做黄金交易提供场所。

太阳山不但有形态各异的奇峰怪石让人目不暇接,而且这里的历史源远流长,清代雍正年间遗留下来的太阳庵,是许多挖金子发财了的土

太阳山

豪专门修来保佑一方平安的庵堂；这里发生过很多传奇故事，高山与石头记录着太阳山的悠悠往事。

太阳山的高让人想起了它独一无二的自然生态环境，高崖绝壁耸立于幽深蜿蜒的山谷中，形状各异，或凝思或啸天，或立或奔，或重叠得像一条盘起来的龙，只要是高山台地应有的，太阳山都有。缤纷四月的花海，山势雄伟，形态各异的山，绵延千里。万亩竹林在山峦中形成一片独特的风景。太阳山的高，能让你感受"一览众山小"的雄壮，极目所望，四周一片云海，翻滚着云之波，飘舞着云之浪，在云海中凸显的几座山峰，像极了佛祖度化世人脱离苦海的航船，让太阳山有一种超尘脱俗登仙入圣之感。一扫心中的阴霾之气，让人耳目清明以至身心完全融入自然，渐入虚无之境。

第二天如果能住宿在白玉村，黎明时分爬上太阳山看日出，那将会是一个让人难以想象的世界，也是一个让笔墨难以描绘出来的世界。凌晨破晓之前，站在太阳山顶，举目四方，你将看到晨星渐没，微晕稍露，云海翻滚，顷刻间，一线晨曦透过云层照亮东方，天空从灰蒙蒙变成淡黄，渐渐呈现出五颜六色的朝霞，旭日从云层中慢慢升起，喷薄而出，金光四射，群峰浸染，大地一片光明。

沿太阳山而下，途经一片四季常青的荷树组成的森林防火带，是20世纪50年代林场工人为了防火而栽种，在郁郁葱葱的层林之间形成了一条弯弯曲曲两三米宽的绿色长城。在苍穹之下，高大的荷树远看像一条巨龙，浩浩荡荡，横无涯际，绵延而去。蜿蜒而下的山坡旁边有奇形怪状的奇石、奇松点缀，别有一番风味在其中。两边有掉落的松叶，由青色变成了金黄色的针叶，踏上去就像一条松软的地毯，可以让我们在上面恣意地踏歌而行，释放久违了的快乐，也是一种奇景。

太阳山还是溆水的发源地。溆水源头的水源，是以中都国有林场五里江区域里二级电站拦河坝河流为起点，以它独特的地理风貌取胜，纵贯县境东南一百多里。四面环水，春天鸟语花香；夏日凉风习习，暑气尽避；秋天，层林尽染，五彩斑斓；冬日银装素裹，极目舒心。

我们一路游走的时候，恰逢这里的一场烟雨，不知湿了谁的眼眸，眼前竹依碧水影倚楼，一片片绿色的海洋，在清新的空气中，多么令人神往。万顷竹林在群山之中的清逸、柔美；那独特的风姿似一幅绿色的画，又似一曲奏响了的歌。

来到白玉村，以白玉亭为界，可分上白玉与下白玉，因白玉盛产白土，让这一带土壤非常肥沃。青山逶迤，风光旖旎。从山顶往下望白玉村，有了烟火气的老房子，氤氲着古拙苍茫气息。湛蓝的天空中飘荡着朵朵白云，云纱缥缈，一垄一垄的秧田线条非常完美，万家屋舍矗立其间，掩映在青烟绿雾之中，宛如仙境。蜿蜒而下走过小桥，踏着青石板台阶沿着弯弯曲曲的小径旁走下去，一股山泉水哗啦啦倾泻而下。微风裹着水汽，阵阵拂来，温润可人，小径旁扎的竹篱笆上缠绕着丝瓜的藤蔓，正开着娇艳的黄色花，结出了玲珑的小果实，娇小可爱，青翠欲滴。走过一座民居，这里鸡鸣狗叫非常热闹。眼前一条种满格桑花的小径，花香扑鼻，原来是罗孝青家的老房子，是我们当地非常有特色的小院落。四周是鹅卵石砌成的围墙，八字形的老大门，几块大石头立在围墙外，里面大朵大朵金灿灿的向日葵已探出了墙外，瞬间一颗柔软的心，开始融化，空气沾着淡淡的甜，檐前的格桑花和一些不知名的野花遗落在墙垣下，老了青砖，湿了黛瓦。朝朝暮暮走了几十年，走成了梦里的风景原来在这里。古风犹存中诉说斑驳岁月的流逝，四季芬芳中演绎着美丽与意外。

  一个村庄可以美成寄放梦想与幸福的地方，整个白天的村庄像梦境，闲置在光阴里的小桥流水人家已是炊烟袅袅，一个家便活了，一个村庄顿时有了生机，掩映在一年四季的柳绿花红中。月光下每家每户的门口堆满了金灿灿的谷物，篱笆小院在依山傍水中美成一首静谧悠远的田园诗。整个村庄泊在月色中，时间像浮云一朵，吹散它的风藏在岁月里，遗留下来的静美总能让人记住这个叫白玉的村子。在太阳山脚下也可淡若清风，人们过着世代自在安宁的生活。

醉在旺溪山水间

来过旺溪的人都会知道回家湾坐落在旺溪村,这个村子有瑶族200多人,主要姓氏以回姓为主。

据东汉应劭《风俗通义》记载,瑶族祖先"积织木皮,染以草实,好五色衣服"。这里的女子非常爱美,也许是瑶山原始古朴的自然风光给了花瑶女子无限的灵感,又或者是挑花精湛的技艺挑绣出各式精美的图案,色彩艳丽又抢眼。穿在瑶族女子身上服饰靓丽如花,被世人誉为"花瑶"。

旺溪有着得天独厚的自然风光和生态环境,古老的村落、传统的挑花技艺和呜哇山歌,处处体现了瑶乡深厚的民俗文化底蕴。

旺溪是一个水如诗、山如画的地方。

走进旺溪大峡谷,雪峰旅游公司旺溪项目部周总带领我们沿公路往下走,雨淅淅沥沥地下,只见一路细细如云如雾般的春雨中,树木一片葱郁,漫天碧色扑面而来。散落在山间的古民居错落有致,古色古香,别有一番风味。两边是高崖绝壁耸立于幽深蜿蜒的山谷之中,一路偶有小枝横斜过来,是谁揉碎了春风牵引而来,展着嫩绿,呈现淡雅。一朵朵黄色的木丁花点缀其中,轻风拂过,清香扑鼻而来,平添了情趣,顿时使人获得了欣然的快感。沿阶而上,山岭中居然有一条盘旋而下的玻

旺溪瀑布

璃滑道，独卧于深壑大山之间，像一条巨龙，横无涯际。我们坐下去一腾千里，转眼间已过了一道山梁。

沿途观梅山神、天露水、岩鹰岭、打虎坳、回音石、楠木林等，或风貌怪异，或来历神秘，只让人觉得山有水则灵，水有山则秀，山水相逢，又遇春色美景，天地融合间诠释着自然的神奇。

如果说黄果树瀑布是"珠帘钩不卷，飞练挂遥峰"，那么旺溪瀑布就是"飞流直下三千尺，疑是银河落九天"。旺溪瀑布群，五道瀑布，常年水量充足，游者惊叹飞瀑之水天上来，浩浩荡荡，万练飞空，捣珠崩玉。溪上石如莲花下覆，一道紧挨着一道，瀑布落差由十几米到上百米不等，飞沫翻涌，如烟雾腾空。凌空飞舞，势甚雄厉，一阵阵带着雾气的水珠迎风拂来，令人心旷神怡，恍惚穿行于岁月的沧冥之间，飞翻在四季的变化里。让旺溪的一草一木、一土一石，溪山环抱，苍翠清幽都曾在梦里呈现，带着隔世的陌生与温柔。

下午去了崇木凼古树林，崇木凼古树林是由一片古木参天、绿荫成林的栎树形成的，是青年男女对歌或谈情说爱的场所。花瑶是视古树为神灵而顶礼膜拜的少数民族。世代在最接近自然的地方繁衍生息。他们崇尚恋爱自由，姑娘爱俏，男子爱美，喜欢以歌传情。劳动时、爱慕时、开心时、悲哀时，歌声悠扬，其调婉转。每年的农历七月初七，古木参天的白栎林里就会飘起悦耳动听的情歌，直到帅小伙用世上最动人的情歌打动心仪的花瑶姑娘，他们心有所属牵手而去，让人觉得"恍如桃源，别有天地"。

虎形山地处雪峰山脉东麓，是隆回和溆浦交界处，是花瑶文化的发源地。现在已被雪峰山文化旅游公司开发为大花瑶景区，里面有花瑶古寨，文化遗存丰富，历史悠远，可以感受古墙青瓦，画壁飞檐，古树苍劲。随着时光的变迁风云流转，岁月沧桑，完全不同的奇异民俗，是超然物外的两个世界，过去的繁华已褪尽其鲜艳的色彩，剩下的是古朴与宁静。瑶乡一条弯曲街道，偶尔在小街上遇见衣着艳色的农妇或漂亮的瑶族姑娘，仿如被春风吹开的调色板。

　　远处的长岭山峦起伏，街边古树葱郁，在如此宁静悠闲的瑶乡中生活，可思古人，可享清闲，可开眼界，可宽胸襟，把瑶乡浓郁的民族风情展现给世人，是远远近近的人们魂牵梦萦的地方。

穿岩山与屈赋昆仑悬圃

但凡去过穿岩山的人无一不被其山势所震撼，一峰突兀，群山怒拥，层峦叠翠，千岩壁立。朝阳从云层中露出的万丈光芒，照在穿岩山上熠熠生辉，让人甘愿忘记繁华，静守平淡。山顶吹过的淡淡凉风一如似水年华，似曾远去，又仿若昨天。

这般美丽的穿岩山位于雪峰山东麓溆水上游的二都河畔，地处溆浦县统溪河镇境内。

雪峰山是湖南最大的山脉，它位于湖南中西部，自北而南绵延800余里。它东与罗霄山相望，西与武陵山毗连，北抵洞庭，南接五岭，三面被武陵山系、南岭山系和云贵高原所环绕。

据地方志记载，今雪峰山在宋代称梅山，而梅山是由"芈（mǐ）山"音转而来。"芈山"是楚人居住之地，故又称"楚山"。"楚山"之前叫"会稽山"，"会稽山"之前与武陵山合称"昆仑山。"

据古史传说，昆仑山是一座神山，汉儒认为其地在今西北青藏高原，但概无考据，不足为信。不过，昆仑山作为神山的认知在国人心中确是根深蒂固的，因为在文字尚未成熟之前，神话传说是唤起民众对中华远古历史追思的唯一载体。传说中的神山昆仑是人间仙境，其上有增城九重、悬圃、凉风、樊桐等不同山域，有珠树、玉树、琁树、不死树和绛树、碧树、瑶树等丛林，还有供食用的木禾和蟠桃。而其中的悬圃，更是天帝众神在凡界的居所。在那里不但有把门的开明兽，还有精美的倾宫、旋室、金台、玉楼、瑶池等各式建筑，以及供众神上下天庭的建木（天梯）和天柱。昆仑传说中的这些景象皆散见于战国至汉晋年间的诸多图籍。诸如：

《山海经·西山经》："昆仑之丘，是实为帝之下都。"

《山海经·大荒西经》："赤水之后，黑水之前，有大山，名曰昆仑之丘。"

《山海经·海内西经》："昆仑之墟在西北，方八百里，高万仞，面有九门，门有开明之兽守之。"

《淮南子·坠形训》："禹乃以息土填洪水以为名山，掘昆仑虚以下地，中有增城九重，其高万一千里百一十四步二尺六寸。上有木禾，其修五寻，珠树、玉树、琁树、不死树在其西，沙棠、琅玕在其东，绛树在其南，碧树、瑶树在其北。旁有四百四十门，门间四里，里间九纯，纯丈五尺。旁有九井玉横，维其西北之隅，北门开以内不周之风，倾宫、旋室、县圃、凉风、樊桐在昆仑闾阖之中，是其疏圃。……昆仑之丘，或上倍之，是谓凉风之山，登之而不死。或上倍之，是谓悬圃，登之乃灵，能使风雨。或上倍之，乃维上天，登之乃神，是谓太帝之居。扶木在阳州，日之所费。建木在都广，众帝所自上下，日中无景，呼而无响，盖天地之中也。若木在建木西，末有十日，其华照下地。"

《河图括地象》："昆仑在西北，其高万一千里，上有琼玉之树。"

《山海经图赞》："昆仑月精，水之灵符……嵘然中峙，号曰天柱。"

正因为如此，自古以来，我中华民族皆尊昆仑山为"万山之宗"，并称其为"龙山""祖龙"或"龙脉之祖"，笃信昆仑是中华文明的祖源地。

可是，这令人产生无限遐想的神山昆仑究竟何在？它是否如汉儒所言在西北的青藏高原？恐怕未必！因为昆仑神话的产生离不开它所倚仗的文化背景。从现有典籍来看，昆仑神话虽盛传于战国，但其在民间的流播或许要早得多。我们若从反映先秦民众世界观和精神思想的中华文学全面考察，不难发现代表当时中华文坛的学派实分为以《楚辞》和《诗经》为代表的南、北二系。其中北系之《诗经》，凡言情、言事、咏物，皆不离现实主义的朴实与雅致，大有"子不语怪力乱神"的风韵。而南系之《楚辞》却是另一番光景，字里行间充满了狂野、刚烈、激情与奔放，凸显出交织现实与畅想的浪漫情怀。奇幻诡谲的昆仑神话也正是最先被《楚辞》所录而发扬光大的。众所周知，自来文人墨客，皆以诗言志，而触景生情则是激发其诗兴的源泉。由此可见，屈赋所言之昆仑神山很可能就在屈原所游历的或他所熟悉的南方山区。

屈原在其辞赋中，曾几度提到过昆仑悬圃，且首见于《离骚》。其辞云："朝发轫于苍梧兮，余夕至乎悬圃，欲少留此灵琐兮，日忽忽其将暮。"《离骚》是屈原遭楚怀王十六年疏远离开郢都以后所作，在这部长达三百七十三句的长篇史诗中，他叙述了自己的家世和政治抱负，以及因遭迫害而失意的忧思与愤懑之情。在一切都已成泡影以后，他幻想自己有如神话中的仙子，驾着龙凤去神界漫游，向天帝倾诉苦衷；幻想着自己早晨离开苍梧，日暮时分就到了昆仑悬圃。这诗中的苍梧，在战国时代就位于今雪峰山南端的南岭山系一带。从苍梧到悬圃，朝发夕至，虽辞有夸张，但二地当不至太远，或许邻近。在自然地理上，与苍梧南岭山系联系最为密切的则是雪峰山。

屈原在辞赋中再次提到登昆仑悬圃，是在其被楚顷襄王流放至江南时所作的《涉江》序曲中。其辞云："余幼好此奇服兮，年既老而不衰。带长铗之陆离兮，冠切云之崔嵬……驾青虬兮骖白螭，吾与重华游兮瑶之圃。登昆仑兮食玉英，与天地兮同寿，与日月兮同光……"意思是说，他穿着奇服，佩着长剑，戴着切云冠饰，欲驾青虬、白螭与重华（舜帝）去神游悬圃、瑶池，期望登昆仑食玉英与天地同寿。其路径实际上与《离骚》所述类同，也是从苍梧去昆仑悬圃。帝舜葬苍梧之野的传说由来已久，从远古至先秦深入民心，故司马迁的《史记》中有明确记载。且考古发掘的长沙马王堆第三号汉墓所出长沙国南部地形图上也在这里绘有舜帝陵标识，21世纪初在舜帝陵附近也的确发掘出汉代以来的庙宇房基。那么，屈原幻想与舜帝登昆仑游悬圃的陈词，实透露了这个人间仙境所在位置的一些指向性信息。

屈原在《涉江》序曲中说完欲与重华神游昆仑悬圃后，接着话锋一转，叙述了他的实际行程："哀南夷之莫吾知兮，且余济乎江湘……乘鄂渚而反顾兮……乘舲船余上沅兮……朝发枉渚兮，夕宿辰阳。苟余心其端直兮，虽僻远之何伤。入溆浦余儃佪兮，迷不知吾所如。深林杳以冥冥兮，猿狖之所居。山峻高以蔽日兮，下幽晦以多雨。"屈原并未去苍梧，而是怀着悲怆的心情渡过长江，经湘江下游，转道溯沅水到了目的地溆浦，沿途目睹了雪峰山林深山峻、幽晦多雨的景象与气候。有学者考证，屈原来溆浦大约在这里居住了九年时间，他人生中最为瑰丽的传世遗篇《九歌》《天问》就写于此。屈原为何要来偏远的溆浦并久居于此？这是否与他长期以来的某个心结有关？我们概莫能知。但欲从溆浦地名的音义辨析，似又可觉察出些许可能的缘由。顾名思义，溆浦之名可释为溆水之滨。而欲从溆浦（xù pǔ）的读音思辨，却恰与屈原屡屡提到的想要神游的悬圃（xuán pǔ）近同，莫非溆浦地名的最初来源本与传说中的悬圃相系？难道它仅仅的巧合？当然，这种语音学的辨析不一定就反映了溆浦名称来由的故实，也不能断言其就是屈原前来溆浦的动因，但语音学辨析对古史地名的来源与演变研究确有重要的参考价值却是毋庸置疑的。

屈原在溆浦还写了名篇《山鬼》，描绘了一位时而身披薜荔、腰系女萝，时而身披石兰、腰系杜衡、既含睇又宜笑的窈窕美女。而这个山鬼美女的原型却并不是现实中的村姑，而是至今仍保留在溆水岸边穿岩山洞壑崖壁上的天然岩石山鬼像，她是屈原跋山涉水前往今穿岩山一带旅行的物证。他为什么不畏艰辛非要来此林深泉幽的千峰万壑之地呢？恐怕并不只是为了观赏那山鬼的芳容，而是为了探求其长久以来所期盼的昆仑悬圃真相。在来溆浦之前，他或许早已听闻了关于昆仑悬圃所在地望的传说，他想来此圣地探个究竟。可是，如今身在其境，却并没有观看到传说中那令人神往的悬圃奇观。他疑惑了！他激越了！为舒泄愁思，于是乎诗兴大发，挥笔写就了《天问》长卷。他从天地日月山川、阴阳鸟兽灵异，到三皇五帝夏商周、人间世事，一口气提出了172个不解之谜。而其中的"昆仑悬圃，其尻安在？增城九重，其高几里"联句，就是他当下叩问上苍的最大困惑。人们不是说这里就是昆仑悬圃的所在吗？我怎么没找着？它到底坐落在什么地方呢？其实，屈原未能找着它是再正常不过了。因为传说中的昆仑悬圃毕竟相去年代太久远了，即便有其真迹，也因自然力的长年侵蚀而湮没无存了，更何况昆仑之广大、之险峻，非常人脚力所能及，凭三闾大夫的文弱之躯又焉能登上那层峦陡峭的昆仑之巅呢？虽然如此，但它并不妨碍后世民众对神山昆仑悬圃的继续追寻与探索。

值得庆幸的是，在20世纪末到21世纪初，考古工作者在距穿岩山不远的雪峰山西侧今洪江市（原黔阳县）岔头乡一个叫高庙的地点，发现了能使人们重新认知远古传说所言昆仑悬圃的宝贵遗存，并被命名为高庙文化，其年代上限已距今约8000年。在这里不仅发现了用于祭祀天地神灵的大型祭坛和用于陈设的精美白陶祭器，还在那些祭器上发现了天帝太阳神、龙神、凤鸟神和山神、城垛等写实性的艺术图像，以及用于制作太阳历的八角星日晷图像。这些宗教艺术题材迄今为止在同时期的中华远古遗存中，无论是其内容和构图方式都具有初创性的意义。尤其是昆仑神话中最核心的元素天帝（太帝或称太一），以及为帝服务的龙、凤等系列神灵图像均在高庙文化遗存中完美地呈现出来。这里还发现了薏苡，也就是《山海经·海内西经》中所载昆仑之虚上的木禾（盛产于今湘、桂、川、黔诸省区，在西北青藏高原不能成活）。还发现了供众神上下天庭的建木天梯图像。《淮南子·坠形训》和《山海经·海内经》中曾专门讲到这种巨木，并说"建木在都广，众帝所自上下，日中无景，呼而无响，盖天地之中也"。这个"都广"就在南岭及其附近区域，与北回归线邻近。所以，当夏至日及其前后几天的中午太阳直射到建木顶端时，其投影就与建木俯视投影相重合，呈现出日中无影的形态，这一自然现象在青藏高原是不可能发生的。种种迹象表明：高庙文化先民不仅是中国远古神系的初创者，而且是昆仑神话的原创者，还是中华文明发源的奠基人。由此可知，以雪峰山为中心的高庙文化分布区，就是中华远古时代昆仑神话的原生地。屈原当年深感困惑的昆仑悬圃，在久经风雨沧桑后，终于让世人知晓了它的本真！因此，我们有责任将它科学地复原，向公众讲述这个尘封了数千年的故事，一同来分享咱们中华远祖的无上荣光。

溆浦穿岩山，这个曾令诗人屈原魂牵梦萦的朝圣之地，宛如仙境的昆仑悬圃即将在这里展现。

卢峰山寻古

卢峰山、又名雷峰山，位于湖南省溆浦县西部，由西向东，距县城5千米。山顶海拔957.8米，群峰连绵。东起桐木坨村，西至顿旗山，南到鬼葬山，北及担家坳。属雪峰山脉，以丘陵地貌为主，山势起伏，沟壑相间，山势陡峭，集高山、峡谷、溪流、茂林于一身。属典型的高山台地风貌，主要形态以岩溶、崖壁、溶洞为主。它是集"登山观光、休闲养生"于一体的风景胜地，极目所至，甚是壮观。

相传在唐虞时，善卷曾隐藏于卢峰山求仙问道，而后传说卢真人炼丹于此。

卢峰山，县西十里，唐虞时，善卷隐此。

旧传尧欲禅位于善卷，善卷不受，须隐于此，殁葬大酉，所谓"朝游卢峰，暮宿大酉"者是。其后有卢真人炼丹于此，丹成仙去。山高十余里，登其上，纵目四瞩，河山历历，为一县之望。山顶原有庵，瓦皆铁制。庵侧有善卷弈棋处，卢真人石床及丹灶遗址。（清乾隆《溆浦县志》）旧遗址，从县西去约十二里，已夷而无存。

善卷，又名善绻、单卷，是上古时期主要文化代表人物，尧舜时期的高士，与许由齐名，因给后世留下了丰富的道德文化遗产，被尊为"德祖"。唐尧虞舜治理天下的五帝时期，善卷是帝尧和帝舜的老师，

卢峰山风景

今单县方圆几十里一带物产丰富、人口繁茂。善卷和他的部落在这里渔猎、采集、耕作、生息繁衍。他很有才德，常以诚待人、以德服人，因而受人拥戴，极受尧、舜的尊崇，拜他为师。

一次麦熟时节，善卷一群人骑着马经过麦田边，一群飞鸟惊吓了善卷的马，马一下子踏入麦田，踏坏了一大片麦子。善卷觉得民以食为天，这样践踏麦田是有罪的，便要求官员治自己的罪。官员说："怎么能给辅佐治罪呢？"善卷说："我不爱护百姓辛苦种出来的粮食，以何德去当帝师，叫他们怎么爱护自己的子民？"于是他就下马用手把践踏的麦秆小心地扶起来，踏坏的给百姓补偿其他的粮食，老百姓看见了没有不称颂的，一时传为美谈。

唐尧坐天下，非常崇拜善卷的德才兼备，品德高洁，经常来单县请教政事，每次来拜访都"北面而事之"，谦虚讨教。《吕氏春秋·下贤》记载："尧不以帝见善卷，北面而问焉。尧，天子也；善卷，布衣也。何故礼之若此其甚也？善卷，得道之士也，得道之人，不可骄也。尧论其德行达智而弗若，故北面问焉，此之谓至公。"后来，尧把天下让给了虞舜，舜执掌天下后，又拜善卷为师，经常去拜访他，并诚心地要把天下让给他，被善卷拒绝。《庄子让王》记载：善卷满足于春耕夏种，秋收冬藏，忙余活动筋骨，闲则修身养性，冬暖夏凉，丰衣足食，逍遥自得的生活，谢绝接受天下。舜再三逊让，善卷都极力推辞。固辞后他走遍大江南北的山山水水，偶然寻访登上卢峰山后不由心旷神怡，放眼四望，群山逶迤，山外青山，云海茫茫，顿生人间仙境之感，觉得极幽静空灵，可饮山中之甘露，吸天地之灵气，是养生修道的好地方。于是，善卷隐入了卢峰山，在山顶修了庵堂。由于山顶风大经常把庵顶掀翻，后人又把庵顶改制成铁瓦。善卷还在庵堂旁修一憩室，用来与访道的仙友弈棋娱乐。后来有所谓的"朝游卢峰，暮宿大酉"者。

其后，有卢真人慕善卷之名，入卢峰山修道成仙之说。

说起卢真人，为明中后期的一位玄门隐士和内丹学家。关于他的生平资料，世人所知甚少。他以丹亭或为名或为号，生卒不详，生平也不可考，传先世为秦时卢敖、卢生，皆是著名方士神仙家。明人胡应麟（1551—1602）在《少室山房杂记》中说："丹亭济源人，博学能文，究易穷道，尤深于炉鼎府，行止无定，来时自来，去时自去，忘生老病死，无往而不自在逍遥也。"可知卢丹亭与胡应麟同时或更早，当为明中后期人，精通易学和内丹，为当时的玄门高士。

卢真人作为玄门高士，能隐入卢峰山只因为此山参差中带有一种逸脱的神气与空灵。历代道人修炼的地方，无一处不是环境极美、山中鸟语花香。登其上，纵目四瞩，河山历历，为一县之望。在此修炼犹步履如飞，鹤发童颜。骨弱筋柔，犹孺子也，丹成化身乘鹤成仙而去。遗留下来的石床及丹灶遗址已是荡然无存。而清代康熙二十五年（1686）溆浦知县袁丕基给后人留有一首脍炙人口的诗《卢峰仙隐》：

人说仙人隐此峰，求仙无诀道何从。

延陵烬后云霞在，弱水流分洞壑封。

三月烟花迷鹤骑，寒年筠节识虬松。

匆匆惭愧尘劳史，勾漏量砂属正供。

溆浦人邓启愚，明万历丙子年举人、庚辰年进士，官至布政司参议，也有一诗《卢峰怀古》：

鸟道猿声第几重，半天藜杖夕阳峰。

陶唐难起烟霞癖，荆楚空造崖壑踪。

碧水一池秋浸月，绿萝千尺晓凌松。

莼鲈不待西风起，洗耳悬瓢尚可从。

溆浦是有着几千年文化沉淀出来的千年古县，这里不但人杰地灵，还是一个山水如画有名山古寺的地方。卢峰山不但是一座名山，是多少文人骚客吟诗作画的地方，更是后人代代相传的"溆浦古八景"之一。有着千古神韵，留下传诵千古的名言佳句和灿烂悠久文化的地方。

穿岩山野生茶的前生后世

穿岩山属雪峰山系，西南为雪峰山脉，自古廊山起，北至当风坳止，延伸约91千米，蜿蜒于沅江、溆水之间，为溆浦县西南一大天然屏障，山势雄伟壮观。

穿岩山坐落在雪峰山脉西北麓，因山势陡峭，海拔1000多米，奇峰耸立，里面古树环绕，山中奇石林立；因两座山岩上面紧密相依，下面仅一丝缝隙可让一人穿岩而过，地势奇险，而得名穿岩山。

上穿岩山循级而上，一个又一个奇峰绵延，上穿岩山的顶峰奇松岭，在半山停驻，途经一个像椅子形状的山崖，崖上有一个天然的茶盘，茶盘边有两个天然生成的石凳，可供来往跋涉者歇息。据说，椅子山中的茶盘与茶圣陆羽有关。

760年之后，唐代著名的史学家、文学家、地理学家陆羽，撰写出世界第一部关于茶饮的专著《茶经》。

自从陆羽《茶经》问世后，"天下益知饮茶矣"。因此，《茶经》被公认为中国茶学史上一部划时代的里程碑式的茶学著作，陆羽也因此被后世誉为"茶圣"，奉为"茶仙"，祀为"茶神"。

相传，陆羽为访名茶，走遍大江南北，寻访到穿岩山的椅子山，看到此地山高林密，山峰延绵不断。被广阔的绿所覆盖的一座座山峰，一

野生灌木茶

片云雾缭绕,向下看是深邃的峡谷,苍翠的松林,忽然抬头看见近处的山崖石壁上长有几棵老茶树,老茶树枝青叶翠,绿意盎然,在晨曦的阳光下熠熠生辉,于是寻访到这里的山民,才发现这里的高山之上的灌木丛林里长有很多一人高的野生老茶树;村里人用此叶煨汤喝,提神养气,村里的妇女生孩子都用此叶煨汤洗身、洗眼(又叫开天目,就是过去的村民把刚出生的婴儿,用纯棉布蘸上茶叶水,清洗眼睛与口腔),可清热解毒。

陆羽看到此叶有如此好的功效,便叫村民清早去采摘带露水的一心二叶嫩茶,采摘下来的茶叶在日光下摊晒,减少水分含量,然后再炒青、揉捻、干燥。用沸水泡制一壶穿岩山的野生茶。在崖上的石盘上用粗陶盛上茶水叫村民品尝,入口清洌,口齿生香,久久回味,让山民们瞠目结舌的是,没有想到山上的几片绿叶,竟然可以炮制出如此的倾倒众生的味道。山民们觉得陆羽是给他们带来福音的茶神,每年的春秋之季,采制成茶,作为上品朝贡给朝廷的贵族们品尝。将苦涩与甘甜赐予众生,沧桑留给自己。于是,把陆羽品茶的石盘叫茶盘,把茶叶取名为穿岩山野生茶。每年采茶时的头一次采摘,需未婚漂亮的女子,清晨,采出第一次长出的嫩芽一心一叶,制出最好的野生茶。寓意为她们满怀希望采摘今生属于自己的那盏茶,此后便有了好的归属。就在每一年采摘前,亲族集会,都会祭祀敬茶神,人们配上音乐载歌载舞以示吉庆。

于是,便有了雪峰山灌木野生凉茶。陆羽《茶经》:"茶者,南方之嘉,木也。"

"辰州溆浦县……无射山云蛮俗当吉庆之时,亲族集会,歌舞于山上。"山多茶树的记载,据考证,过去的"无射"意为"穿越",无射山即为今天的穿岩山，另《溆浦县志》中记载："溆浦椅子山盛产灌木野茶。"在今天的穿岩山上，就有"椅子山"这个地名，从古至今，一直未曾更名。

无射山是《茶经》中记载多茶树的山，地处蛮界的茶山，也是唯一提及与音乐歌舞有关的茶山。

陆羽在《茶经》上征引《坤元录》中记载，"辰州溆浦县西北三百五十里无射山，云蛮俗当吉庆之时，亲族集会，歌舞于山上，多茶树"。

近年来，茶文化专家们在县南瑶民居住群山峻岭的穿岩山中，又发现大面积野生茶林。这里仍保留祭祀后载歌载舞的古民俗。

而这里的瑶民对茶的熟知利用到了极致，每当村里老人过世时，就会用茶叶与米折叠成三角巾的包枕于脑后，寓意为醒脑明目，不要忘记阳世的亲人，能看见黄泉路。

村民有时砍柴受伤，就用穿岩山上的野生茶煮水洗伤口消炎，有很好的功效。

穿岩山的野生茶不但有清热解毒之功效，更是夏天解渴之佳品。在穿岩山上的枫香瑶寨门口有一茶桶，造型别致。俗话说，水为茶之母，所以泡茶的水也很讲究，来自高山岩石渗出来的山泉水为好水，泡出来的茶水为上品。器为父，也讲究的雅致配套，以紫砂、瓷器、粗陶为皿。品不同的茶取不同的器皿，用不同温度的水，也有不同的心情。而茶桶有一种包容的情怀，盛茶的桶用杉木打制，外面用竹条镶嵌，比较精致，再用竹子枝丫挂喝水的竹漏筒，大大小小立于茶桶边，别有一番风趣在其中。茶桶容量大，能让很多游客在口舌冒烟时喝上清冽甘甜的穿岩山野生茶，那才叫一个爽！

所以说，茶的江湖山高水深，壮阔无际，绿茶、红茶、乌龙茶、铁观音等各有姿态，都不及穿岩山的野生原生态灌木茶来的神清气爽。晨起或午后泡上一壶穿岩山野生茶，消解多少愁烦，抵却数年尘梦，让人回味悠长。

陆羽作为茶的鼻祖，自有他的看法，觉得不同山脉，长出不同的茶树，其贵贱也不同，只有滋长于高山之巅千百年的老茶树长出的嫩芽才为上品。

古树名山，天然材质，一片绿叶经光阴的熏染，给了世人无尽的风雅与闲逸。

雁鹅界上晒秋

来过雪峰山的人都想寻找一片清幽之地，雁鹅界就是四面青山环绕，一条溪流贯全村的古村落，这里的山水静谧得如画，如诗又如梦的地方。

雁鹅界古村坐落于穿岩山景区，它背靠九雁山，面朝二都河，该村建于清朝顺治年间，距今360余年。相传，这里山高林密，经常有"草寇"出没。顺治年间有一"草寇"带兵爬上此界，天刚近黎明，突见一群大雁从头顶飞过，即命名此界为雁鹅界。

这里村民乡风淳朴，素性安静，日出而作，日落而息，恬然心态，与世无争。一条古老的驿道穿村而过，远方青山隐隐，脚下水声潺潺。村庄不大，只有40多户人家，层层叠叠，错落有致。青瓦覆盖，飞檐翘角。让人特别惊讶的是，每一户人家都挂着大红灯笼，闪耀着明明亮亮的兴旺之气。原来这古村传承着古老的农耕文化，光照充足，降水丰沛。气候条件特别适合农作物生长。村民们年复一年，代复一代地遵循着这样的古俗，在田间辛勤耕作，什么样的农具在这里都能见到，杵米臼、榨油房、纺车、碓坎、风车、犁、镰刀、锄头等农用工具应有尽有，农耕文明除了带来稳定的收获和财富，造就了相对富裕而安逸的定居生活，每一年的秋季都有一道独特的风景"晒秋"。

晒秋，是一种典型的农俗现象，具有极强的地域特色。南方的晒秋与北方的晒秋有不同的展现方式。北方一马平川，晒秋的景物一览无余。而南方的晒秋因地势复杂，村庄的平地特别少，基本上晒在屋顶，或者利用房前屋后及自家窗台屋顶架晒、挂晒农作物，久而久之就演变成一种传统农俗现象。这种村民晾晒农作物的特殊生活方式和场景，逐步成了画家、摄影家追逐创造的乐园，并塑造出诗意般的"晒秋"称呼。

雁鹅界晒秋也有它独特的一面，每当丰收的季节祭"秋社"，是秋季祭祀土地神的日子，若有亲朋好友来一起凑热闹，则自有另一番热闹景象。全村人杀鸡舂米，煮酒相邀，"开轩面场圃，把酒话桑麻"，请来祭祀师祈祷来年的风调雨顺，繁荣兴旺，五谷丰登。把古代和谐的乡风发挥得淋漓尽致，其乐融融，颇有一番世外桃源的韵味。这里的"晒秋"并非秋季专属，而是一年四季都有展示，五颜六色的农作物在瓦檐上用簸箕装晒着，有金灿灿的玉米、稻谷，翠绿绿的长豆角、扁豆角、苦瓜皮、黄瓜皮，最引人注目的是雁鹅界路边上的一栋房子屋顶上，用圆圆的三个簸箕晒着火红火红的辣椒，为饱经百年沧桑的古村落点缀出一道亮丽的风景，与晒谷坪或屋顶上用圆圆晒匾晒出五彩缤纷丰收果实组合，构成了一幅独一无二的"晒秋"农俗景观，生动地展现出人间烟火的气息。

说起晒秋，晒辣椒是我们湖南人最爱吃的菜，光用辣椒就能做出花样百出的菜系，把青辣椒晒成白辣椒，把红椒晒成干红辣子，油泼辣椒用来凉拌，是很好的作料；要不然用红辣椒微微晾干水分，剁烂拌上姜蒜后连刀豆一起放进坛中，腌上半月拿出来是我们湖南人最喜欢吃的下饭菜。或用青椒晒成微微干就腌进坛中，变成微微酸白辣椒炒肉吃也是

农民秋季晒苞谷、辣椒

我们湖南人的最爱。

　　白天热闹的晒秋景象渐渐恢复平静。入夜，村庄安静得要命，月光下的雁鹅界，每家每户的门口都堆满了金灿灿的谷物，院门敞开着，拴在树下的牛也睡着了，打着和人一样的鼾声。村中那条清清浅浅的小溪依然静静地贴着石墙流过，比往日多了一种温润，整个村落在丰收的秋季表现得更为丰富、更为"神韵"些。几声狗吠，给古老的村子增添了一种生命的活力，那个名叫雁鹅界的古村子创造出最美乡村的符号。

千年古县　美丽沅陵

雪峰山生态文化旅游公司组织雪峰文化研究会分会与溆浦作协到沅陵采风两日游，早就曾听说沅陵是一个青山隐隐，碧水悠悠，有着悠久历史的千年古县。

沅陵，位于湖南省西北部，东邻桃源、安化，南接溆浦、辰溪，西连古泸溪，北牵风景明珠张家界，素有"湘西门户"之称。西汉时，高后元年（前187）封长沙王吴芮之子吴阳为沅陵侯，南朝陈时设置沅陵郡，唐开元九年（721）改为辰州府，府治仍在沅陵。

沅陵以沅水流域的两大山系而闻名：沅水以北的武陵山系，沅水以南的雪峰山系。凡沅水流过的地方，便有了平原，也有了峡谷。长河泻天，长峡锁地。

凤凰山

这次采风就是工作之余的一次灵魂的释放，从溆浦县城出发，一路欢歌笑语，慢慢地接近沅陵，从喧嚣到静谧，一路奔向凤凰山。

凤凰山位于县城南岸，与县城隔江相望。海拔200余米，面积756.4公顷，其中，森林面积643公顷，活立木蓄积3万立方米，名木古树参天，森林覆盖率85%以上。因山势奇异，风光秀丽，为沅陵著名的古八景之冠，是观光游览、休闲度假的名山胜地。相传常有凤凰在这里栖息，得名凤凰山。清代诗人张志遥游凤凰山后，曾留下"睛峰缥缈出云端，野径迂回绕曲栏，人向绿荫深处去，隔江指点画中看"的千古绝唱。

我们沿着阶梯直上凤凰寺，凤凰寺始建于明朝万历年间，由大雄宝殿、天王殿、送子殿、弥陀阁、观音堂、玉皇楼等古建筑构成，宗教活动辐射大湘西，朝香拜佛者络绎不绝，寺内香火长年不断；与之呼应的凤鸣塔，为明朝万历年间辰州知府毛允让倡建，塔高25米，七级八方，雄伟壮观，与龙吟塔、鹿鸣塔构成"三塔一线"奇观；因发动震惊中外的西安事变，张学良将军被蒋介石幽禁于此二十个月之久。

山上遗留有张学良将军与赵四小姐居住生活过的放生池、钓鱼台、网球场、防空洞、船亭子等场所，寺内建有张学良将军陈列馆，收藏有张学良将军一生中珍贵的照片和文物。在他的居室里留下"万里碧空孤影远，故人行程路漫漫，少年渐渐鬓发老，唯有春风今又还"的诗句，吸引了众多仁人志士、海内外游客，寻少帅足迹，游凤凰名山。

借母溪

借母溪境内青山千叠，流水一弯。这里阡陌桑田，山中散落着错落有致的木板房给层林中增添了几分生机，弯弯曲曲的石板路环绕在一个舞台周围，里面有小桥流水人家，后面映衬着五指山作为背景。悠然于天地山水间，那种惬意的感受是难以言状的。整个村落里贯穿着一种神秘的气息。村中穿插着一条清澈的溪流，这是一条流淌着故事的溪流。

借母溪的来源有几种说法：一说借母溪名字源于农耕时期，为了繁

借母溪

衍后代而存在的"典妻制"。将山外的女子带到寨子，完成生儿育女任务后将其送回，孩子则留下。这种"典妻制"唯一的遗存就在借母溪。

还有一种说法是：一位知县携母赴任，途经此地，见母亲身体孱弱，暂寄养于此，称其为"寄母溪"。附近有位土家汉子拜老人为干娘，替尽孝道。后人便把"寄母溪"改称"借母溪"。无论怎样，借母溪都是一个有历史传闻的地方。

直到当晚看了《狃子花开》，一部借母溪的实景剧，才知道借母溪的故事让人忧伤而又残酷。

《狃子花开》主要讲述了背后"借"母的故事，要知道借母就先得说"狃子"的来历。在一个叫作借母溪的小村落，村子的人很穷娶不起堂客，为了延续香火传宗接代，于是千百年来借母溪的男人就从山外借母生子，久而久之借母溪便将借母生子这一风俗称为"狃花"，租借来的女人有了一个称呼，叫作狃花女。

该剧以借母溪一带真实的"狃花"故事为人物原型，讲述了当地一个盘木工人春牛和狃花女婉儿之间发生的一系列悲欢离合。这部舞台剧以借母溪一带真实的"狃花"故事为人物原型，剧目是简单朴实真实悲切的。它没有高科技的舞台效果，没有专业的舞蹈演员，是一群地道的借母溪村民历经几个月辛苦排练的一出原始民俗剧目。舞台上有一种让人触景生情，牵扯心魄的悲戚，飘洒的雪花、低落的雨水，仿佛在诉说着一段与世沉浮、悲欢离合的故事。

胡家溪

胡家溪距沅陵县城25公里，是酉水流域胡姓的发祥地，这里依山傍水，绿树成荫，一片云雾缭绕，若隐若现，村子隐匿在白雾之中，犹如人间仙境。

胡家溪一位胡老师一边解说一边带领我们在寨外的田野里看先民们遗留下来的农耕文化。他说此地先民勤于农作，与世无争，重耕织，有着浓厚的古农耕文化，沿溪而行有筒车、碾子，有新石器时代农耕打磨出来的农具，开垦出来的遗存痕迹。一路上听得津津有味，还不断地和胡老师交流，不知不觉走进了胡家溪土家民俗文化风情古寨，明溪口镇胡家溪依山而建，距今有一千多年的历史，虽然历经千年风霜，却像养在深闺里的花季少女，掀开它神秘的面纱让人惊艳不已。

胡家溪的美，就像看尽繁花满园，突然穿越于风情古寨的世外桃源。古寨里几十栋吊脚楼依山傍水，掩映在一片青山绿水之中，微风、阳光、鸟鸣、草香，美成了一首静谧悠远的田园诗。里面有古韵悠悠的胡氏祠堂、胡鳌故居、风雨桥、封火墙、天井、石门、古树，还有曲径通幽的石板路，是以前古驿道，就像未经外人踏足一般，即使历经千年岁月风蚀，古村落仍完好无损。

胡老师带领我们走进一栋雕梁画栋的房子大门前，说这里出了一位唐代妃子胡凤娇，因为这里有一棵千年黄连古木。听老一辈人常说"村前若有黄连古木，村里必出贵人"。所以这里曾出过两个贵人：唐代妃子胡凤娇、明代连中三元的进士胡鳌。而胡家溪村口恰好就有一棵披红挂彩的千年黄连古木。

龙兴讲寺

龙兴讲寺位于县城西北虎溪坡上，始建于唐代，距今已有1500年的历史，比南岳古寺庙还要早90多年。是中国现存较古老的佛教寺院建筑之一。

寺院占地面积1.3万平方米，门、阁、殿堂，均依山而筑，布局严谨，错落有致，主次分明。由头山门至后殿，逐殿高出，拾级而上，气势雄伟。其中，最令人称奇的是大雄宝殿，是唐贞观初建原物，殿内的4根金柱头，全用珍贵的金丝楠木做成，高9.4米，围径2.1米，实属罕见。龙兴讲寺是一个无钉无铆的木质结构建筑群，体现了鲜明的唐代建筑风格。以后多次修复、补建，而留下了宋明遗迹。

古往今来，龙兴讲寺曾吸引了许多达官显贵、文人骚客前来访古游览。明代礼部尚书、著名书法家董其昌亲题"眼前佛国"匾额，至今仍悬挂在龙兴讲寺大雄宝殿檐前。

据说，唐太宗李世民诏建龙兴讲寺，是为了吸收秦汉以来的历史教训，革新政治，以"仁教"代替"武治"，实行政教合一，以佛教盛行，达到安定五溪蛮地、维护国家统一的目的。后来明代圣人、哲学家王守仁来讲学，王守仁的弟子徐珊知辰州府时，于寺后建虎溪书院。

沅陵之行让我深有感触，它的自然资源丰富，山川秀美，历史悠久，文化的厚重宛如一幅"浓墨淡彩的历史长卷"一样穿越灵魂幽幽而来，那原汁原味的楚巫文化交融在一起，构成了独具特色的民俗风情。

福寿阁

在雪峰山下，有一座古韵悠悠、高低错落有致的阁楼，名曰福寿阁。福寿阁包含着福与寿文化，两者既有互相独立的不同文化内涵，又是不可分割的统一体，正所谓"福中有寿，寿中有福"，它告诉人们一个最基本的道理：福寿延年，得福即安——这是人们对生存的本能追求。

在古建筑中，人们常将几种不同的图案配合在一起，或富有寓意，或取其谐音，以此寄托美好的希望和抒发自己的情感，以致凡图必有意，凡意必吉祥。如蝙蝠、桃、灵芝则寓福寿如意。

福寿阁位于溆浦县统溪河镇穿岩山，国家森林公园的千里古寨的中心地带。它坐西朝东，东倚穿岩山，与时珍园、猪栏酒吧、茶马古道、雁鹅界相望。南面是情人谷，北面是蒲安冲和枫香瑶寨相连，是雪峰山旅游公司花巨资复修的又一著名景点。

据当地文献资料记载，该楼始建于明朝中期，毁于明末清初。福寿阁的建立与药圣李时珍的后裔、穿岩山当地一位神医李思善有关。明朝中期农民起义爆发，战乱不断，李氏后裔为避战乱从江西迁来湖南，李思善一支来到九溪江，九溪江前临溆水，后有靠群山。据《溆浦县志》记载，此地属溆浦十大瑶峒之一的"九溪瑶峒"。这里山高林密，交通

福寿阁楼

闭塞，是溆浦通往龙潭、黔阳和邵阳的必经之道。便决定在此安家落户，并以李姓命名为李家湾。李思善作为名医，特别热衷于采药，走遍这里的山山水水发现穿岩山千里坪这里水草丰盛，土地肥沃，空气清新，特别适合药草生长。这里的乡民比较长寿，老人家基本上都是70多岁，最大年纪有90多岁了。历朝历代被誉为长寿之乡。于是，李思善便决定移居到千里坪。

李家世代为医，《本草纲目》是药圣李时珍留下的多种珍贵的医药古籍之一，称之为"医中之圣，集中国药学之大成"。从小耳目渲染，医术非常了得。李思善秉承祖上医德，与人为善，志在救人，心欲济世，仗义疏财。他手提药箱，游走各地诊病疗伤为民间解除疾苦，深得乡民敬爱。

据传有一天，李思善进城路过一户大户人家的偏房时，突然看到一口新停放的棺材底缝流出了鲜血。他吃惊地问邻居，邻人说："这是贡生张士亨家妻子，刚才难产死了，才把棺材放到这里。"李思善急忙要邻人把她丈夫叫出来，告诉张士亨："你的妻子没有死。凡是人死了血色是暗黑色的，活人的血色是鲜红的，我看见你妻子的棺材底流出的血是鲜红色的，快快开棺救治吧。"原来这妇人因难产失血过多，昏迷了一天一夜，她丈夫张士亨认为妻子已经死了，就把她装殓起来，准备择期埋葬。听到李思善这么一说，张士亨赶忙打开棺材，李思善急诊妇人之脉，果然脉息未绝，于是就在她的心胸之间扎了一针，针还未拔出来，就听到呱呱的哭声。妇人分娩了，婴儿也得救了。张思善还给他妻子开了调养的中草药。张士亨叫仆人把他妻子背了回去，他怀中抱着新生女儿，非常感谢李思善救了两条人命。从此，李思善和张士亨成为莫逆之交。后来，张士亨官至九江府司马。而李思善神医之名被四邻八乡的人传颂，通过张士亨和乡绅贤达上书朝廷，倡议在千里坪修建福寿阁。福寿阁始建初期形态高大挺拔，工程浩繁，全部木材选用千里坪山上的上等杉木，工程耗时三年有余。庆典那天，嘉靖皇帝朱厚熜御笔亲题书"仁爱乡里，福寿楷模"八字匾额，挂在了福寿阁一楼金柱横梁上。辰州府知州与乡绅贤达贵人，八九十岁的长寿老人，亲临现场庆贺、揭牌，福寿阁远近闻名。因福寿阁寓意吉祥如意，后来的乡民都来福寿阁烧香跪拜，祈祷家庭和睦，健康长寿，福寿安康！

然而，福寿阁建筑在清初李自成残部入溆以后遭到了灭顶之灾。清康熙《溆浦县志》中记载李自成部将牛万才占领溆浦六年之久，朝廷派兵镇压，牛部大败后到处烧杀抢掠，张士亨和女儿敬芳避兵祸，逃至统溪河转走桃子冲，遇部下被抓，钱财搜尽。张士亨的女儿张敬芳为救父亲被杀害，时年15岁，让人肃然起敬。清乾隆时江西南城进士陶金谐任溆浦县令时，为张敬芳写了墓志铭。墓表原石在今统溪河洞垴上桃子冲。

牛万才部被清军围剿追杀也仓皇逃至福寿阁附近，清兵上山准备围剿前，他们闻风而逃，为了泄愤，一把大火将福寿阁烧毁，瞬间化为灰烬。

今天人们看到的福寿阁，是雪峰山生态文化旅游有限责任公司根据当地的乡民一代一代口口相传的描述，于2018年4月至2019年的5月在原址重建的。

牌匾上"福寿阁"三个大字是由著名作家王跃文先生题写的。

福寿阁为五层六丈八角楼，全木质结构，古色古香。部分木质材料用的是加拿大进口的铁木杉。一二层的边檐为四角四楼，三四五层的边檐为八角八楼，总高18米，有18根木柱支撑而立，其中有12根边檐柱、6根金柱组合，底层地面为方形，均铺有木板。

一层为养心堂，由东进楼，堂中置有大型镂空的铁木茶几、坐凳、寿星立像等镂空木雕，揭示与彰显了福寿文化的深刻主题。左边有一个书吧，可供游客们翻阅名家名作，东南北檐下边檐柱之间装1.35米高的如意、福寿图案花窗，边檐柱与梁枋交接之间置镂空龙头雀替，东南北内外通透空旷。西南角置单扶手木梯成7字形上二楼。

二层为天目茶庄，高3.8米，四面外置青瓦穿枋挑檐，四角的戗脊平整，翘角，向外延伸2.6米。东南北三面装两层木质花窗，上层木窗为如意图案窗格，中间配福星高照等福寿圆圈图案；下层木窗厚重，可以撑开，窗花以云朵、鹿、梅，以及喜鹊、蝙蝠等动物花卉为主；西面用木板密封，置整面木柜，存放各种名茶；北面中置木质陆羽雕像，雕像两则各装饰3米高的千两茶竹制外形，其上各书"天目茶庄"四字。靠南头开双扶手木梯上三楼。二楼木望板上贴入与装饰花瑶的草席。在二楼的东南角，金柱与边檐柱之间辟一木板面，中间装饰了一个明代遗存的木门，其上安装"天目茶庄"匾额，木门由铁门环、铁门闩，以及四个对称圆形的石质动物图案青龙、白虎、朱雀、玄武组成。在四根金柱上装有竹制傩面挂件喜怒哀乐各一幅，同时在上完二楼楼梯的左面配置一面铁木透雕《松鹤延年图》与明代木门相对，茶庄中间放置一张长方形的铁木桌，可供会议与书写画画，平常可供游客喝茶之用。

三层为藏经阁，高3米，四周外檐置两层八边形翘角，逐渐向内收。第三檐为八边翘角，戗脊平整、向外延伸2.2米；第四檐也为八边翘角，戗脊平整，向外延伸1.8米。西面开木梯，西面的空间中还开木窗，东面用隔板精美的花窗与阁楼的东面分开，面积达30平方米。藏经阁有书柜排列小人图书、各县的县志，溆浦著名文化名人辞海编撰家舒新城先生的日记总共35册，其空间可以藏书六七千多册。其中有很多全国著名作家的名作，作者赵本夫、肖克凡、韩少功、水运宪、谭谈、梁瑞郴等一大批名家的作品都展示在其中。最让我们自豪的是王跃文先生，给藏经阁捐献了不少他写的著作，如《国画》《漫水》《梅次故事》等。

在清风云淡的日子里来藏经阁里品茶、读书、品文化、品历史，让我们的灵魂寻找到一席宁静之地。

因为福寿阁有了浓浓的文化底蕴，传承中国的孝文化，一代一代延续的福寿文化，现在被誉为"景区中的珍贵艺术品"，它是雪峰山地区非常具有特色的标志性建筑。

山鬼与洞坶

若有人兮山之阿，披薜荔兮带女萝。
既含睇兮又宜笑，子慕予兮善窈窕。
乘赤豹兮从文狸，辛夷车兮结桂旗。
被石兰兮带杜衡，折芳馨兮遗所思。
余处幽篁兮终不见天，路险难兮独后来。
表独立兮山之上，云容容兮而在下，
杳冥冥兮羌昼晦，东风飘兮神灵雨。
留灵修兮憺忘归，岁既晏兮孰华予。
采三秀兮于山间，石磊磊兮葛蔓蔓。
怨公子兮怅忘归，君思我兮不得闲，
山中人兮芳杜若，饮石泉兮荫松柏。
君思我兮然疑作；
雷填填兮雨冥冥，猨啾啾兮狖夜鸣。
风飒飒兮木萧萧，思公子兮徒离忧。

——《山鬼》

《山鬼》是屈原《九歌》中的名篇。两千多年来，已成为国人心目中一道美丽的风景。而洞坶，一个名不见经传的地方，却与屈原的《山

穿岩山风景区山鬼玻璃桥

鬼》名篇紧密地联系在一起，这不能不使我们感到惊愕。但是，就是在这个中国地图上根本找不到的地方，的确与《山鬼》乃至屈原文化紧密相连。据当地文史专家说，这里就是屈原流放溆浦，写下《山鬼》的地方。也就是说，这里才是屈原笔下那个美丽"山鬼"的出没之地。诚然，崇敬和好奇心驱使我们追寻屈原的行吟足迹专程来到这里，一睹那位"被薜荔兮带女萝；既含睇兮又宜笑"的美人芳容，探究感受这里的历史文化和山水风光。

进入洞坞，迎面而来的是一座座刀削斧劈的悬崖峭壁，悬壁上古藤蔓蔓，陡峭的岩石千姿百态，如人似佛。悬崖如巨斧劈开一般，形成一门中开，两崖峙立，群峰争胜，各不相让。咆哮的诗溪江，从群山中冲刷而过，似有争先恐后、怒不可当之势。相传，古人为了打通这条古道，硬是几代人以"愚公移山"之志，在悬崖峭壁上开凿了这条仅能过人的羊肠小道，人称"洞坞古道"。站在古道上，举目四望，天空宛若一线，汤汤江水如带似练。当你放声高喊，其声有如在瓮中吼鸣，经久不息。

抬头仰望悬崖峭壁，导游指着悬崖上面的石头绘声绘色地说："你们看，那上面的人像，就是当年屈原笔下所描述的山鬼，她像不像屈原笔下的山鬼形象呀？那是她窈窕的身体，那是她漂亮的脸庞，那是她飘逸的头发……"好一个"山鬼"，的确楚楚动人，仔细一看真的是那么活灵活现，好像凝视着我们的到来。我们在她顾盼流辉的目光注视下举目而望，这里的山，这里的水，是那么俊俏，那么清秀，既奇丽壮观，更含情脉脉。神奇的大自然真让人心悦诚服，景仰不已。

溆浦是屈原的流放地，也是屈原诗如泉喷、出大作、出名作的地方。公元前298年,他一路跋山涉水,风餐露宿,来到溆浦。他在其《涉江》中写道:"朝发枉渚兮,夕宿辰阳,苟余心其端直兮,虽僻远其何伤。入溆浦余儃徊兮,迷不知吾所如。深林杳以冥冥兮,及猿狖之所居。山峻高以蔽日兮,下幽晦以多雨,霰雪纷其无垠兮,云霏霏而承宇……"这首诗,是屈原记述他踏入溆浦这块土地上的所见所闻。人们说,一篇《涉江》就把溆水的景色,描绘得如此淋漓尽致,这就是屈原的伟大之处。南北朝文学评论家刘勰在《文心雕龙》中说,屈原描写景物是:"论山水则循声而得貌,言节候则披文而见时。"

《山鬼》描写的是当地的一场祭祀活动。相传屈原逆溆水而上,行之洞垴,恰逢当地巫傩师正在山前祭祀"山神"。巫师们头戴面具,有的扮演面貌狰狞的"山鬼",有的扮演神态各异的大小神灵,边唱边跳:"山神、山神,威风凛凛,保我土地,卫我家人,神通浩浩,广德昭昭……"屈原任过楚国的三闾大夫,楚国三闾大夫的职责是主管王室宗庙祭祀的事务,当然会对民间巫傩祭祀活动饶有兴致。当他看到悬崖峭壁上这位美女的倩影后,丰富的文学联想在他的心头波光荡漾,感到这"山神",不应该是一个青面獠牙的凶神恶煞,应该是悬崖峭壁上那个眉清目秀的多情少女。于是,他面对悬崖峭壁,面对"芳杜若"的"山中人",联想到自己理想与追求的破灭,联想到国家朝纲与楚王王宫的昏庸乱象,一腔愤懑,满怀惆怅,故奋笔疾书,作《山鬼》以抒愤,吟山水而言情,容万千感慨尽在其中:"雷填填兮雨冥冥,猨啾啾兮狖夜鸣;风飒飒兮木萧萧,思公子兮徒离忧。"

几千年来,《山鬼》脍炙人口,堪称千古绝唱,无论它的艺术成就或思想内容,都给后世文人墨客以深刻的文化影响与艺术熏陶。尤其是《山鬼》把这里的山水、气候、物产、风俗、宗教等都融入作品中，让后人在感受诗人的浪漫色彩的同时，也领略其现实批判风格。宋人黄伯思说，"屈宋诸骚，皆书楚语，作楚声，记楚地，名楚物，故可谓，《楚辞》"。七十多年前，沈从文也在其散文中说道："战国时被放逐的楚人屈原，驾舟溯流而上，许多地方还略可以推测得出，便是这个伟大诗人用作题材的山精灵洞，篇章中常借喻的臭草香花，也俨然随处可见。《楚辞》中的山鬼，云山君，仿佛如在眼前。"

当地人还说，每当清风明月夜，峭壁上的山鬼就会下到碧波荡漾的溆水河中野浴。如果，你能有幸看到山鬼在河里的倩影，那么你就是一个最幸福的人，这一年不论你做什么都会心想事成。还有人说，每当月高人静之时，美丽的山鬼还会乘云雾外出，云游到山背天宇峰山上，施甘露普度众生，等等等等，一言难尽。一个美丽的神话，在这里传颂几千年。每年的五月端午，人们来到此地，祭奠为民造福的山鬼，祈求保佑国泰民安，赐予风调雨顺。

《山鬼与洞垴》，一个说不完的故事。这里山青水绿，吊桥悠悠。站在洞垴古亭子上，距此不远的沪昆高铁列车呼啸而来，古老的洞垴以及那位美丽的山鬼，正以自己山水一样的清纯情怀，等待着您的到来，等待着你的热情与祝福。

风云乌龟寨

溆浦的古山寨,大都是百姓为躲避兵乱而建,其中,昭王寨、乌龟寨、龙凤寨、石盘寨、田螺寨等,均有名气。

其中最有名的古山寨要数乌龟寨。以它的危壁悬崖、天险奇峭、坚如磐石、无懈可击而遐迩闻名。

龟山,又名"巴掌岩",在县北四十里,今均坪镇先锋村茶场边,远望如龟,故名"龟山"。山周十公里,海拔六百七十余米,陡起平岗,林木葱蔚。东南北三面,危壁悬崖,天险奇峭,人莫能上。唯南麓稍平缓,明末农民起义军牛万才率师入溆浦,邑举人舒自志纠众依龟山建乌龟寨,并在南麓山坳一带,筑城墙一段,长约一公里,高四米,厚三米。原嘉兴通判向秋闱等亦在山南另一处鸡公岩、棋盘岩,分别建"鸡公""棋盘"两寨,与乌龟寨互为犄角,可互相支持,抵抗牛万才部。因地势险要,牛万才部围攻三年之久,终不能克,转攻新化。《溆浦县志》记载:"龟山,马湾坰东南支,县治北四十里,一名龟寨,西岭断而复连,名棋盘寨,明季人民避兵龟寨,并守棋盘。"

这次"千年古县"申遗,需要名寨照片。为了看慕名已久的乌龟寨,由县民政局派车,邀地方史专家禹经安老师、摄影家匡乐汉老师、民政局的肖凡、司机老胡和我一同前往乌龟寨。沿途风景优美,树木葱茏,只是越开越陡峭，登寨的路变得艰险。到了一个陡峭处，三菱越野再也开不上去，我们只好下车步行，直叹此路悬崖峭壁太不近人情，使得我们举步维艰。慢慢映入眼帘的是一段古城墙的遗迹，蜿蜒而上，长约一公里。再往上，在一段逼仄小路前立有一堵寨墙，听说是寨门，右边那堵寨墙为扩路而被撤掉了，已没有古风古韵的那种古老的寨门的遗迹了，总有一点儿缺失感。据说，舒自志凭借龟山的险峻，调动人马修筑寨墙两里，用石头高垒寨门，使乌龟寨固若金汤。当年，牛万才率部攻打乌龟寨时是何等的艰难，又因舒自志部有三名得力干将，武跃善于用剑，武颧善于用枪，向善擅长击石，两军对垒，若隆隆沉雷响彻山谷，又如万顷怒涛扑击群山，长剑铿锵飞舞，投石呼啸飞掠，令牛军将士望寨兴叹。清代溆浦举人舒宏训，有诗赞乌龟寨云："神龟未出洛，山体已昂然。阴洞疑无地，悬崖欲到天。猿啼幽涧里，僧老白云边。戎马郊原乱，惟兹独保全。"

古城墙左，立"巴掌岩"。远远望去，奇峰突起，犹如矗立的百丈高楼，雄伟壮观，直冲云霄。那就是乌龟山的山顶。相传，要想上龟山顶，需经过鸡公岩小路入山，再过棋盘岩、云台，直达山顶。顶上有庵，庵原建云台，中华民国九年（1920）转建于乌龟垴，原庵已毁，唯庵中天井尚存，天井中有一大石，状似活乌龟，龟后有方穴，其深莫测，传说此穴为龟山上的神龟出没之处，直通岩落湾牛丫井。山上另有衣柜岩，神龛岩、园坎岩、门儿岩等风景。

我们拾级而上，爬上主峰山顶，山顶的庵堂又叫龟山寺，四周千山一碧的葱绿，庵门前立有一块石碑，石碑上有一首民谣："雷峰山高不算高，算盘虽小又经摇，乌龟八卦依然在，鸡公不失半疋毛。"此民谣是相传牛万才折兵损将，收兵回营，退到均坪，因连续作战，精疲力尽，就地休息。时有路人经过，牛将军问道："此处叫什么地方？"路人回答说，此地叫"牛栏坳"！牛将军听后，心里明白，牛归栏，末日到。日后将亡兵散，气数已尽，此地不能久留，只有往雪峰山东南麓新化而退。牛栏坳这一地名，沿用至今。

走进新建的龟山寺，遇见守寺的一位五六十岁的孤寡老人。他在寺庙周围种有辣椒、萝卜。寺中供奉有四座神像，以观音娘娘为主，每年农历二月十九（观音娘娘生日）、六月十九（观音得道之日）、九月十九（观音化身登殿日）有朝神拜佛的香客，因龟山寺前有灵龟，拜佛有求必灵，不畏山高路远，虔诚膜拜，香火鼎盛，络绎不绝。

站立乌龟山顶，能远眺方圆数十里。四周群山起伏，脚下峰峦重叠，让人有一种凌绝顶而小众山的感觉。北面可望花桥、低庄二镇，南面可见沅水清流，东面隐约可望县城的城郭，西面辰溪、沅陵两县的九座山峰也尽收眼底。清康熙甲辰进士刘恂诗云："龟山削万丈，九峰乃其尾。蜿蜒势如奔，峭萃忽而止。耸首挂天关，踞坐看城市……"

一座城市，如果没有一处感怀岁月沧桑的地方，没有几处适合凭吊和静思的古迹，就像武士没有武器一样索然无味，多少有一种文化底蕴的缺失感。而乌龟寨，以一座古寨的身影，让后人记住了一段历史的发生，伸手一撩，就能撩起一把当年的风云。

油菜花开

春天的油菜花，平淡无奇，没有牡丹的国色天香，没有茉莉花的芳香四溢，没有水仙的冰清玉洁，没有梅花的傲骨寒香，更没有玫瑰的惊世容颜。一朵油菜花，甚至不如路边的无名野花，但它在春天里，放眼望去，成千上万朵，一片一片地盛开，浩浩荡荡，波澜壮阔，犹如千军万马。

满目金黄香百里，一方春色醉千山。不由自主地走进花的海洋，只见这金色的花姿，绿里透黄，开遍沟沟坎坎，微风一吹，浪涛滚滚，又似一道道黄色闪电划过，使这花海有了灵性，也有了俏丽的动感。若有其他颜色的花朵夹杂其间，更能让这花海有了生气，也更加妩媚。

烟花三月，草长莺飞。三月春风送暖阳，蓝天白云映花黄。远山近景入眼帘，陇上游人穿梭忙。

让我们放飞心情，一起去踏青吧！春天的三月是让人骚动的季节，是女人爱美的季节，让我们穿上自己喜欢的衣服，飞扬裙摆，来一场浪漫的唯美邂逅，在花海田园中饱览大好春光，看油菜花田和碧草溪流。累了，就停下来感受春风，在灿烂的繁华里寻找春天，让美的倩影定格在这花浪翻滚、花香四溢的油画里。

一片盛开黄色油菜花的田野里，一群孩子在那高兴地奔跑着、追扑着花蝴蝶。花蝴蝶飞进金灿灿的花海里，孩子们分不清哪是蝴蝶，哪是油菜花，再也找不到蝴蝶了。春天的小精灵蜜蜂也来凑热闹，小家伙腿上沾着花粉，正在花蕊里美滋滋地吸蜜。

极目远眺，油菜花的黄色鲜艳夺目，铺天盖地，叫人神清目醒。像打翻了颜料桶，大地仿佛被油菜花染黄了，这油菜花铸就的金黄色世界毫无遮拦地就呈现在我们的面前。

如果你来访我，我不在，请和不远处盛开的油菜花儿一起坐一会儿。它们很温暖，花香令人心动，风里夹着温柔，一定会让你在这片油菜花海里与春天撞个满怀。

恋上山背的美

山背是一个山的名字，因在山的背面而得名。山的背面住有"花瑶"，因此人们就称这里为山背村。从山脚到山顶，海拔达1400多米，花瑶民族在这里世代开垦出来的梯田层叠而上，像一架架云梯，连接天上人间，蔚为壮观，面积有3000余亩。这些梯田，如链似带，环山缠绕，小山如螺，大山似塔，层层叠叠，高低错落有致，其线条行云流水，潇洒柔畅，凹凸收放，妩媚娟秀。自山顶俯瞰，豁然开朗，心旷神怡，村舍畦田，炊烟袅袅，稻田滚浪，静谧安详之感油然而生。

山背梯田的风光一年四季美不胜收。春有百花秋望月，夏有凉风冬舞雪。

春天的山背万物复苏，山间如海，一望无际的梯田如同绵延的波浪，宛如天女弯月到人间。行走其间，梯田的田垄上渐渐绽放着各种颜色的花朵，相互辉映，彼此如音乐般和谐。

夏天的山背阳光透过云层，洒在层层叠叠的梯田上，给大地铺上了一层金色的衣裳，让整个山背都热烈起来。偶尔一阵行雨，云和梯田显得更加亲切地交融在一起，山峦连绵，若隐若现，形成了一幅山清水秀的画卷。

秋天的山背天空是湛蓝色的，衬托着这个金色的季节无比热烈。梯

山背梯田美如画

田间沉甸甸的水稻摇曳着身姿，还带着丝丝谷穗的清甜，香溢十里，散发着丰收的氛围，令人心潮澎湃。花瑶汉子在斛桶里"嘭嘭嘭"的打谷声回荡在山谷中，这丰收的喜悦随着花瑶女人的一串串山歌，醉了秋风，醉了青山，醉了山背人家披星戴月忙碌的日子。这时，人们的心情也会像刚刚清洗过的玻璃一样，变得明亮起来，个个笑容满面，喜气洋洋，到处是一派欣欣向荣的景象。

寒冬腊月的山背，冬的气息弥漫在一片银装素裹中，雪花飘飘洒洒，漫山遍岭，玉树冰花，好一个银色世界。那时身在山背，梦在天堂。

云端梯田上矗立着一栋栋别具风情的"星空云舍"，犹如七星拱月，闪烁在层层叠叠、壮美凌云的梯田上。一条像长龙一样蜿蜒而下的水上滑道，让您感受速度与激情的碰撞，仿佛穿越一个水花四溅的时空隧道。

夜幕下的山背如一弯山月，几颗星斗，淡月下，青山隐隐，风过之处，树影婆娑。山村的夜晚，祥和而宁静，没有喧嚣，没有浮躁，宁静得让人感到一种与大自然融为一体的轻松和愉悦。

恋上山背的美，深邃如花瑶人开垦的梯田，播下的是心愿，长出的是希望，收获的是人生。

穿岩山的风

穿岩山的山水,是独具魅力的。

也许,这山、这水,蕴藏了某种机缘。温文尔雅的陈黎明先生,眉宇间透着文学家与企业家的风采,准备在穿岩山上刮起一股文旅飓风。

起风了,穿岩山的山水都在笑。陈黎明和一群执着的筑梦人,在这茫茫大山中要干一件大事,让村子变成另一副模样:村内有了硬化路,不再是雨天一身泥;村民居住的房子全部改造成古色古香的古民居,散落在山间犹如一幅泼墨的山水画。千里坪山顶上修建了千里古寨、福寿阁、龙凤观景台,还创意性地打造了一个汽车营地,让游客们瞬间体会古今穿越之感。雁鹅界上几十栋古旧民居打造成了非遗集市古村落,让老村老屋以灵动鲜活的姿态展现在人们面前。附近的村民们感受到了旅游带来的福利,在家门口就业,村民像城里人一样每月可领工资。这些景区建设,不仅提升了当地的经济水平,也为当地居民提供了更多的就业机会。

风是天地在呼吸。庄子说,这是自然的箫声。风充盈宇宙的时候,便是充塞人的内心的乐章。旅游开发让原本穷乡僻壤的穿岩山,变得有些小名气,虽不是流光溢彩,但也非等闲之地。

随着沪昆高铁的通车,沉寂多年的穿岩山从封闭的大山里来了一个华丽的大转身，一座座神奇怪异的崇山峻岭，一面面险象环生的悬崖绝壁，峡谷、山川、落日、飞鸟，漫山遍野的野花，还有风，和风的默语，不知名的虫声，都是迷醉灵魂的幻药。风格独特的古寨、古村落，那些曾经隐藏在深闺人未识的自然美景和人文遗迹，逐渐走进了人们的视野。

不知不觉中，在陈黎明的精心指点下，工匠们为穿岩山造出那么多跌宕不平的视觉冲击，都化为旅游线路上的一道道风景线。风，呼呼地吹过穿岩山的山和水，吹过这里的古村落，是那么的动听。人们终于明白，一切谜底都来自自然界的风，它们是天地间创作的大手笔，有着不可捉摸的思想和才智，有着不可抗拒的魔力和魅力。

因家乡的巨变，一些外出的农民工回来了。他们带着新的见识、新的理念，用美好的青春建设自己越来越美丽的家乡。贺方礼就是回乡创业的一员，在雪峰山生态文化旅游有限公司的帮助下，他把旧宅建成了一家集食、宿、娱于一体的民俗山庄——雁栖山庄，拥有16间客房近30张床位，一下从一个打工仔变成一个小老板。随着旅游开发的拓展，周边一座座民俗民居拔地而起，让老旧的古村落里承载着悠久的历史，诉说着岁月的故事。这些古老的住宅，源于自然，融于自然，以其独特的建筑风格和色彩，给人一种宁静和谐的美感。古宅的屋檐下挂着古朴的灯笼，每个角落都充满历史的气息，整个的村庄沉浸在历史的烟云中。

周边的乡村也因穿岩山的改变而改变。他们以样学样，将自己的房子也改造成斜檐翘角，这样的房子掩映在树丛中，只留个房顶露在外面，煞是好看。每到清晨，树木旁边是一层水雾，为村子增添了几分仙境般的感觉。树木和房顶上方是被云遮住的天空，没有一丝杂色，笼罩着整个烟雨中的世界，使村庄显得更加宁静。

来到穿岩山就要住在枫香瑶寨。光咀嚼名字，你就能闻到枫香，体味不一样的湘西风情。枫香瑶寨以雪峰山瑰丽的民俗文化作底色，居云端，游云顶温泉，感觉到了天上人间，感觉一派云雾缭绕、万千气象的景象，蔚为壮观。

若你想出发，脚会带你到任何地方。路在脚底，山水在心，你问我，梦想要去哪里？梦想说，梦里的地方太远，不如去一座随时有风的山——穿岩山。这里峰峦叠嶂、云海苍茫、星空烂漫、稻浪飘香，还拥有悠久的历史人文、多彩的民族文化，是一个人文荟萃、休闲度假、科考探秘的胜地。

邀你前来的，是穿岩山的风。

二辑 Er Ji

光阴的舍利子

天地苍苍，往来匆匆，皆为过客。只有简衣素食，淡然修行，才是光阴的舍利子。

光阴的舍利子

夏天的热浪一阵高过一阵，总是想风能轻柔一下疲惫的心，岁月带走了我们的童年，青春正在慢慢地消逝，半世醒来已是步入中年的队列，心静如吸让回忆浸润心田，掀起一点点寂静和忧伤，曾经的花样年华，早已悄然而逝，"70后"的我们已是四十不惑，还有多少人可以昂着头，信誓旦旦，我们依然年轻？曾经的年少轻狂，早已荡然无存。

拭去岁月的浮尘，我们依然坚强地用肩膀扛起岁月磨砺下的艰辛。中年的我们上有老，下有小，我们搀着父母，扶着孩子，小心翼翼地活着，不敢任性不敢糊涂，且行且珍惜。

人生云水一梦，本是一场荒凉的旅程，不管路途多么的坎坷，都要一步一步走过去，疲累的心是多么需要一个休憩的安营地。像鸟巢一样的家，住着鸟儿一样的我们，倦的时候飞回来，休养生息了之后又想飞出去。再如何高亢，被欲望充塞的心，也会有想要远离纷争，寻一块净土。中年的我们也会感叹：人在江湖，身不由己，却是最无奈的一句话。

我们也可以安坐在家里，心中有桃源，意在山水间。因为我们都属有鸟的天性，"70后"的我们喜欢飞翔在高高的天上，想要和风一样的自由地去远方，却更希望拥有一个安定踏实的巢。

年少的我总是被我三姐打扮的如干净的大眼娃娃，喜欢一个人背着书包，在圣庙山的山坡上独自流连，或坐在长满野草的山头，看着夕阳伴着黄昏的风，将我手中的狗尾巴草染成镏金色，一个人，向着远处的城郭，哼唱着不成调的歌。

那个时候总是向往远方，做一阵子自由的风，不用去找飞行的方向，也可以飞向远方。或者做一粒蒲公英的种子，随风漫天飞舞，飞到不知名的很远的远方。那只是我年少时的梦，做着做着天暗下来了，不得不背着书包回家，只怕回家时姐姐又说我关哑和了（哑和就是作业不完成被老师留下来补课，是我们那里的方言）。

而我最终没有去远方，除了上学的那几年，我一直生活在这座城市，一直到现在。也许父母在不远游，忘不了家给予的亲情和温暖。我更习惯了贴近烟火的味道，那才属于我尘封的酒，香甜的陈酿得慢慢打开，慢慢品尝。即便如此，我还是可以放下工作，去一个很远的地方，给心放个假，做一次短暂的旅行。无论经过了多少年，心里总有诗与远方的情节在作祟。浮生若梦的感觉在心里生了根，带着这种感觉在路上，心里也是苍茫的。特别在凤凰古镇，白云飘得再悠远，古巷再深邃，古镇再繁华，也没有那沱江的水来得寂寥，江水流淌出岁月斑驳的颜色来。看着看着就发呆了，知道一个地方，一个人，不管隔着多么远的距离，也不论天有多冷，我们的情义，被思念的笔，拉出长长的牵挂……

出差也罢，朋友相邀，经过无数次的旅行，去过了很多的远方，哪怕是出国，当远方不再是远方的时候，我终于在漂泊中明白有爱的地方，有牵挂的地方，才是我真正该停留的港湾。

岁月是把杀猪的刀，把我们苗条的身段给臃肿得不再相信是自己，我们不再身轻如燕，肤白若雪，忽然对岁月心生敬畏，开始养生锻炼，只要对身体有益的东西都去尝试，开始吃素减肥，并信仰中医命理，开始修道信佛。

生活质量的优劣取决于自己的心态，年轻时做过的梦，爱过的人，甚至疯过的青春只能偶尔想起，却从未提起，更不敢忘记。对待父母再不可做薄养厚葬的傻事，他们那一辈人受的苦和累太多太多，善待他们就是善待我们自己的良心。也是自己应尽的义务，于情于爱都是情理之中。爱他们就多陪陪他们，和他们谈谈过去的人和事未尝不是一件幸福的事。

兄弟姐妹的相处，亲情的疏离是切肤的伤痛，只想让我们过得凉一些，忍一些，亲和一些、暖一些。地位和荣誉只不过是一个杯子，而你的修养和品性才是杯中的东西，夜光杯中未必盛的就是葡萄美酒，也可能是一杯浊水。可是光阴是那么长，尘埃又是那样无处不在，浮华中行走，不染尘，只是虚幻。

人在红尘中修行途经的风景，遇见的故事，都成了光阴里修成的舍利，佛经上说，舍利子是通过"六波罗蜜（菩萨修行）和戒定慧"等功德所熏修的，是难能可贵而受到尊重的。

时间，光阴，那些日复以夜的岁月更迭，如何放下一回又一回痛心的、纠缠的疼，于别人是几度花开，几度叶落，于尘世的你们相望相看，接受命运的迁徙，把世间纷扰皆关在门外，日子如水，无须为谁华丽装点，也不必为谁更改波澜。天地苍茫，往来匆匆，皆是过客。只有简衣素食，朴素修行。才是光阴的舍利子。

我的父亲母亲

人一辈子来来去去，会遇见很多很多的人，真正走进心里的极少。人生就像一场无法回头的单程车，一路上我们会不断地遇见又不断地别离。而老一辈的人相遇相惜，能一辈子就爱一个人，一起慢慢携手走完人生的路，直到老去。这童话般的美丽爱情只在我的父亲与母亲的那个时代里展现。他们的感情就像历久弥新的老酒，不如烈酒味浓，却有岁月沉淀下来的醇香。

我们的小城风景秀美，土地肥沃，气候温和，四季分明，雨水充沛，一年四季瓜果不断，正因为这里物产丰富，我奶奶从邵阳逃难到这里，就再也没有离开过这片土地。在城边有山有水的地方遇见了我的爷爷，生下了我的父亲，以及两个伯伯和姑姑。父亲才几岁的时候，爷爷得急病走了，两个伯伯一个被抓壮丁下落不明，一个在外漂泊，我奶奶就只有带着父亲和姑姑到城里混生活。那个时候人人都过得苦，没有吃穿靠施舍打零工过活，直到父亲十几岁的时候拜一个姓毛的手艺人学理发，才有了立足社会的资本。父亲是个做事踏踏实实，没有多少言语的老实人；我外公会识字，会经商，就是有点儿重男轻女的思想，没有让母亲上学读书，母亲后来是在扫盲班里夜读学习过，而其他的兄弟都上过学，我母亲是老大，在家带弟弟妹妹。母亲渐渐长大，那个时候不像现在须看家里条件如何，而是看重人品的好坏，外公看我的父亲为人老实又实在，有心把我母亲嫁给我的父亲，当时又有人牵线，便答应了这桩婚事，那一年父亲20岁，母亲17岁，在大人们的操办下成就了这桩姻缘。

成家后，奶奶和姑姑跟随着父亲母亲一大家子生活在衙门边的老屋里，直到姑姑出嫁，母亲才生了我的大姐，后来才有我们六个兄弟姊妹。在我懵懵懂懂不识世事的时候，奶奶去世了，在我印象中从来就不知道奶奶长成什么样子，一点儿记忆都没有。日子虽然过得苦，父亲与母亲从来没有吵过架，红过脸，相敬如宾，含辛茹苦地把我们养大。母亲给别人洗过衣服，拖过板车，为了养我们兄弟姐妹甚至卖过血。他们走过了几十年的风风雨雨，相依相扶一直走过了六十多个春秋。他们虽然过得艰辛，然而他们一起经过的风风雨雨让两个人的生命里血肉相连，我中有你，你中有我，分不开彼此了。

他们彼此拥有了无数细小珍贵的回忆，那种历尽沧桑，一起生儿育女，一起把他们一个个养大成人。虽然在素衣简食的年代，他们没有多少文化，却也懂得为人之道，教育我们做人得厚道，对得起自己的良心，待人接物要端庄，他们在平常的日子里一起唠叨他们年轻时的苦日子，回忆儿女们小时候的样子与趣事。执子之手，与子偕老，死生契阔，与子成说，从来不是说说而已。六十多年相处的点点滴滴在彼此眼中划过，无须多言，一切尽在不言中。在父亲最后的岁月里，看出母亲对父亲的依恋，父亲的离去对母亲来说是一种沉重的打击，精神上的城堡轰然倒塌，一时不能接受，日日以泪洗面。父亲在世时她做什么都是神采奕奕，好像有使不完的劲儿，尽心尽意地侍奉着躺在床上近两年还有一点儿老年痴呆的父亲，直到他的离去。而母亲在父亲离去的几天后身体终于支撑不住了，也许是失去精神上的支柱，什么病都来了，经常去医院住院，思念父亲的时候就会对着父亲的遗像哭泣，直到有一天我偷偷地把父亲的遗像给藏了起来，对她好言相劝，过好以后的生活。慢慢地走出失去老伴儿的那种阴影。

　　人生数十载的飘零辗转，也有悲欢离合，却总不能处之淡然，让我们对茫然人世无端生出太多的牵挂与不舍，正如我的父亲与母亲一样，尽管他们同样经历着生老病死，却到底有一份人世的静谧与亲和，一种历尽沧桑始终不渝的伴侣之情让人充满了眷念。

衙门边的老屋

从我记事开始，老屋是一栋栋连起来的木板房，弯弯绕绕，形成错综复杂的小巷；大家住在屋檐搭着屋檐的房子里，鳞次栉比形成了这条老街。这条街的名字多多少少还是沾了点儿官气，老街位于衙门边后面，过去叫衙门边背后，现在叫府后街，那时候的老街坊邻居都以"衙门"二字而自豪，希望自己的子孙后代都能出人头地，沾点儿官气。在老街坊人的眼里，最大的缘故是前面的县衙门，这个衙门历史悠久，始建于唐武德五年（622），这是唐高祖李渊的年号。这一年将西汉的义陵县从辰阳划出，复置溆浦县，县衙门就在这个地方了。可以说这个衙门在老一辈的人口里距今有1396年的历史了，真正称得上是老得掉牙了。也许老旧的东西在人的心目中带点神秘的气息，要么灵气，毕竟是官衙府邸，能镇得住邪气，能生活在这一块福地上多少也能出点儿人才，要么平平安安挡病灾。

那个时候的老屋，因地皮的关系都是木板房两封一间的房子，上面有阁楼，底下是客厅、卧室，再次是厨房，后面是偏房和厕所，屋后被父亲修了个猪圈，圈里养着一头猪，过年时全家就靠这头猪用财头祭祀年福和炕腊肉的东西了。屋后面还连着一片山坡，被我父亲整出来一大块自留地，种着蔬菜，保证平日里素菜供给。中午放学回家吃午饭，就

老屋

会在自家地里摘几个青椒放在灶里烧一下，拍干净上面的灰，放在镭钵里捣碎放点儿盐就是很好的下饭菜。没有现在人这样讲究吃穿，衣服都是大姐穿了，二姐接着穿，其次才轮着三姐。两个哥哥都是大哥穿旧了才轮着二哥穿。偶尔过年缝一件新衣，只是陪着父母亲去亲戚家拜年才穿出来显摆。这些苦在我哥哥姐姐眼里已是忆苦思甜的过去式，虽然我是老满，至少也和着家里人吃过扒镭钵的菜，穿过姐姐们的旧衣裳；我们一大家子挤在这样的老屋里生活。我出生在老屋，在老屋度过了我的童年和少年时代。按那时候的人说，就是真正的城里人，在城里生城里长，从我爷爷奶奶这代再到父辈，在县城打拼已是三代人了。

　　生活在老屋这条老街，吃喝拉撒没有多少隐蔽性，一声吆喝从街头到街尾都能听得到，端碗吃饭串门都是习惯性地从那家到这家。那家吃什么菜，好的荤的都会知道，还能尝尝味道，手艺怎么样，大家心里都有数。一旦哪家街坊邻居办红白喜事都会请手艺好的当大厨，邻里之间像一个大家庭可以互相帮衬，没有现在的邻里间的冷漠，互不理睬各人生活各人的，一条小区不知道谁是谁。

　　在老屋的童年，最让人温暖的是冬天的火塘，一大家子围炉夜话，吃着烤糍粑，听大人们谈古说今；过年时候穿着新衣裳拿着大人们给的压岁钱，上街去买爱吃的零食和玩具；夏天在满天繁星的月夜，大人扇着蒲扇在凉席上纳凉，听隔壁的唐奶奶讲熊婆、蛇精的故事，一直听到打瞌睡，没有听完的故事还能惦记到第二天晚上。那个时候父母年轻健康，亲人护佑，我只是个不谙世事的小女孩，把童年的时光常常盼作明月春花常在，在父母怀里温柔地撒娇，不诉离殇。

　　到了上学的年龄时，已经开始有收音机、黑白电视了。记得隔壁的王蛋蛋家第一个买14英寸的黑白电视机，他们家拿一张桌子放在地场坪试一试机子，老屋的邻居们呼啦一下子围了上来，看着雪花点似的屏幕闪一下子出现了人的图像，大家你一句我一句羡慕得要死。每一天晚上像开会似的，不用号令各家各户拿出凳子看电视，直到冬天外面冷，只能限制少数人在蛋蛋家看电视。晚上听母亲与父亲商量，咱家也买一台，免得你老跑电影院看电影，不好意思去隔壁家看电视。没有想到一直省吃俭用的父母第二天也买了一台14英寸的黑白电视机，是我们衙门背后第二个买电视机的人家。那时从电视里看了第一部日本动画片《龙太子找妈妈》，接着是《聪明的一休》《七色花》，之后又看了电视连续剧《霍元甲》和《血凝》，从电视里的情节故事，那时起就喜欢上了文学。

随着时光的流逝，虽然老屋里那时的人穿着棉麻布衣，素食简餐，却过得异常快乐满足，大家都诚诚恳恳地说一句是一句，邻里相处欢喜亲和，犹如亲人般的相互关照。从前老屋里的人日子过得慢，车、马、邮件都慢，却都认认真真地活着；如今的老屋已是繁华落尽的过往，在20世纪90年代初已经拆迁了，老街坊们各奔东西，昨日平淡的过往，有如戏文里的故事，朴素美丽，遥不可及。流年匆匆，常常梦回到老屋里生活的场景，在心里一直丢弃不了那片质朴的风景。

儿时的春天

春不约而至,透过洒满阳光的玻璃窗,蓦然回首,春已经携着这绿茵茵的色彩给大地穿上了新的衣裳,给路边围上了色彩斑斓的篱笆。春天就这样悄然而来,从冬到春总是让人欢欣的期待。

也许别人眼里的春天总是另一番迷人的风景,烟水画桥,柳岸古船,消融在淡淡的月光中,那般淡雅轻柔,迷蒙缥缈。

而我眼中的春天,是住在老衙门老街背后的木板房,那时贫富悬殊不大,家家户户都是一样简衣素食。白天大人们没有空管我们,小孩子们可以自由自在地疯玩,大的带小的,直到父母归家,唤吃饭时,方肯归家歇息。家人相聚于一张八仙桌旁,粗茶淡饭,共享天伦,拙朴的时光,也是喜乐,也有甘甜。

游走的风景很多,将我的记忆牵引到幼时的老屋老宅,巷陌里徐徐而过的春风,在记忆中挥之不去,朴素亲切。每年一到春天,燕子如约到家里的堂屋横梁上筑巢,平日里飞到电线杆、院墙上欢乐,儿时的伙伴也随着它们嬉戏呢喃玩耍。听母亲说,来到家中筑巢的燕子切莫赶走,因为它们的到来会旺家宅,带来好运。它们一生漂泊,唯有檐下,为短暂的栖身之所。燕子也带有灵气,也会知恩投报,守护屋舍,不惊扰寻常人家,叶落时节也会去向南方奔飞,转身天涯。

小时候，一看到燕子的到来，我们会呼朋唤友地去老屋背后的铁路边的小山坡上，都是街坊邻居的自留地。有的种菜，有的种果树，小山坡倒是栽满了桃树，粉色的桃花开满山坡，清风拂过，花雨成阵，不闻花香，自有一种浓郁，落入心间。看着树干上结满桃油，小伙伴们用手粘着桃油，我粘你身上，他粘你脸上，欢声笑语，嬉笑打闹已是时光一段一段的美好记忆。还有小桂家的木板房后面的大榛子树，树干直而高大，叶子椭圆形，可以用叶子做蒿粑，用榛子树叶子做出来的蒿粑带有榛子的清香味，吃入口中回味无穷。榛子树开出的花是黄褐色的，一到春天，满树花开，在春风里摇曳，煞是好看，周围弥漫着一片花香。那芳菲深处，儿时的春天已深入我的梦中，春花秋月看似年年如约而至，却从来没有重复的风景。只有儿时的欢乐有一种简洁清明的美，不负岁月辰光。

军　属

当兵，也许是每一个热血男儿的梦想。但是，女孩儿也有一个梦想，男孩儿知道吗？偷偷地告诉你们，那个时候的很多女孩儿的梦想是，长大了嫁给兵哥哥。在她们心中，只有穿起军装为保卫国家洒热血抛头颅的男人，才算真正的男人；在部队上经过纪律严明历练出来的男人，走入社会才会吃苦耐劳，才会有真正的担当。

20世纪七八十年代，都是居民点，没有什么私家房子，每一户人家门口都安装一块门牌，上面写有号码。当年的邮递员就是按照门牌号码把邮件送到各家各户。邮递员在看门牌号的同时还会在有的名牌号旁边，看到一块四方形的、颜色红的熠熠生辉的牌子，里面写着金光闪闪的四个大字"军属光荣"。家门口有块"军属光荣"的牌子，人们对这一家都存一份敬意，连邮递员也不例外。那个时候，家里只要有一个人当兵，就觉得无上的光荣。那个年代，人们认为家里出了个军人是件光宗耀祖的事。如果去部队的家人考上军校，当个军官，混得好从一杠一星（尉官）到两杠四星（大校），甚至有更出彩的，能让人认为是祖宗坟上冒青烟，家里能出一个金色橄榄枝加颗金星（少将），那更是值得特别荣耀的事。农村出来的毛头小伙儿当个七八年，甚至十几年的兵，没有当官也能混个志愿兵，退伍回来国家给一二十万元的补贴还安排工作，每月拿到固定的工资，也令人羡慕。小的时候看见我们县的武装部招兵，经过报名、体检、政审，过五关斩六将，最后才能穿上没有杠星的绿色新兵装，戴上军帽，胸前戴朵红艳艳的大红花，背上军被，然后排着队伍，被送上绿皮火车，踏上了军旅生涯。唯一不忍看的是父母送别时，搂着十七八岁孩子的头，泪眼蒙眬地叮嘱："孩子，在部队好好干，别惦记家里，听领导的话，别给家里人丢脸。"

正因为这样，女孩儿从小就想嫁给军人，觉得那是非常荣耀的事情。父母家人也跟着沾光。那个年代，在我的印象中，姑娘，特别是漂亮的姑娘，最大的愿望就是嫁给军人为妻；其次才是干部。记得我家三姐当时在溆浦城里也是数一数二的漂亮姑娘。她喜欢看书，订一些《上海服装》之类的书和文学类的书籍，让她大开眼界。她还不断地接触新的事物，加上心灵手巧，织毛线衣和设计漂亮的衣服是她的拿手好戏。那时没有多少服装店，穿的衣服都是买布料拿到裁缝店里去叫裁缝师傅缝制。所以，她把自己想要的样式用笔画出来，再叫裁缝师傅按着她的意思缝制。在小小的县城里经她设计出来的衣服，穿在她高挑的身上非常别致好看，穿出来走在街上都会引来姑娘们悄悄模仿。她引领着那个时候溆浦的服装潮流。追求她的小伙子很多，但是她心高气傲，一直没有相中如意的人。不少阿姨给她介绍男朋友，她都没有点头。可是有个军人通过相亲这个方式看上了我三姐，不断地要做媒的阿姨去跟我三姐说，一定要娶我三姐，而且一定要成功。那个军人是读过军校的连级干部（军衔上尉），要求也是比较高的，最后相中了我三姐。后来，心高气傲的三姐挑过来挑过去，竟然答应了这个连级干部。通过几个月的鸿雁传书，互相了解之后，就办喜事结婚了，我家的三姐也就成了军嫂，我们家的门口也就出现了一块红得耀眼的牌子——"军属光荣"。她表面上感到非常的光彩，可一个女人家带孩子，又要上班，尤其是孩子偶尔头疼感冒了没有人搭把手，一个人是非常得累，非常不容易的。我看到她一年一次探亲假就那么一个月，还在火车上带着孩子，大包小包地来来去去，不仅累，而且几个工资钱差不多都捐给了铁道部。在这样艰苦而又非常累的日子里，三姐咬牙挺着，一直到1987年姐夫可以带家属随军了，才结束了两地分居的日子……

　　我看到，作为军人，不仅有光荣的一面，还有艰苦的另一面。他们在祖国的疆土上守护，奉献自己的青春和热血，实在可歌可泣。作为军属，他们支持自己的亲人安心在部队工作，使钢铁长城稳固，也应该值得敬佩。

院锁春秋梦

一直努力想成为一个有院子的人，盛放我对美好生活的向往和对生活的闲情逸致。每每看到别人家院子那种古朴的院墙，青瓦白墙，斜檐翘角的木板房，院中有满架的蔷薇，到处花团锦簇，清香扑鼻，有水有鱼。偶尔在抖音视频里看着看着就看到梦里去了，心想，我要是有个院子多好，不必多大，一定要有四季的花儿陪我度过春夏秋冬。院子中摆放着茶桌，与友相聚雅舍，在皎洁的月夜吃酒喝茶，畅谈人生。或做梦看书，只生欢喜，自由自在。小院不冷清，有诗与远方，也有寻常。

记得那是一个夏日，我们坐了一夜的车，到达丽江已是午后，正碰上下蒙蒙细雨，沿着古城的麻石板路，边游边慢慢欣赏沿边的风景，记忆中那是一个很冷清寂寥的院子，有一丛紫蓝色的三角梅爬出墙外在风中招摇，配上古朴的老旧大门，忍不住停下来，往里面一瞧，屋门右边有一个大水缸，里面养着一种粉红色的花儿，一朵朵漂浮在缸里，有一种说不出的缥缈之美。老屋里挂着字画，摆放着茶具和一些老旧的物件，充满了书香味；看到院子里繁花似锦，一棵开花的大树上正努力地绽放着满树的无名小花，在清冷中获得肆无忌惮的妖娆，树下有一对青春靓丽的情侣正荡着秋千，女孩子在秋千上随着风声漾出了欢声笑语，男孩子站在旁边推着秋千喁喁私语，在寂寥中院子里顿时充满了明媚阳

院墙中的木香花

光，再也抹不去那种美好。每每去旅游采风的时光就喜欢看别人的院里有屋、有树、有花，有水。古色古香的老宅院子里的风景已是让我到了非常痴迷的地步，有人说爱上一座城，是因为城中住着某个喜欢的人。其实不然，我爱上院子，是它的古朴、温馨，在梦想中能在院子里等待一场姹紫嫣红的花事，在阳光下和喜欢的人一起筑梦，守着一段冷暖交织的光阴慢慢变老，也是幸福。它是灵魂里的栖息地。

在世相迷离的时光中，我们常常在如烟似海中丢失了自己。而凡尘缭绕的烟火有总是呛得你我不敢自由呼吸，只想在一个自己喜欢的世界里守着简单的安稳与幸福，不惊不扰地度过一生。

院子的美，不是漂泊的诗与远方，它能让我们在紧张的生活中抖落一身的疲倦与伪装，不必迎合他人，不用假意讨好，却足以容纳我所有的任性。院外是红尘滚滚不由我，院内是自己的精神天地。院子在某种程度而言，是中国人的集体梦想，也是中国人自己筑家的情怀，一家人自己的私密空间圈在方寸之地，院子虽小，里面有爱，溢满温馨享受天伦之乐。对中国人来说，有了自己一个的院落，精神才有了着落。有多少人退休回家，种几亩地了却余生？又有多少人即使有一方小阳台，也要种上花花草草，营造小院之感？也许是因为一直没有拥有，有时候缺憾是一种美丽，随心更能怡情。拥有院子的情结一直是心里一道生动的风景，仅仅为的是那种感觉，就像爱上一个人，有时候不需要理由，没有前因，无关风月，只是爱了。

待你厌倦江湖，我想与你，远离繁华，归隐乡下，在一个依山傍水，云影水声，居此小院，尽得山水意趣；用心打造一个美美的院子，院子无须多大，只要围绕家的周围种上花花草草，有阳光、绿树，至少

竹林里的七贤居

可以感受花草的荣枯，领略四季的变幻。春天有看不完的花，夏天有吃不完的水果，可以做好多好多果酱，够吃一阵子了。早上起床，摘够吃一天的蔬菜瓜果，插上一瓶花，做一顿丰盛的早餐。那里有尘嚣不扰的清净，将一生的风景造就静默的诗，留给自己诗意生活的时间和空间，闲看庭前花开花落，静观窗外云卷云舒，雪小禅说，这世间，必有一种懂得，穿越灵魂幽幽而来，你静静无言，他默默不语，相视一笑，刹那间就有一种感动，不远、不近，你说，他懂；他说，你懂！不用繁华，不用复杂，你的院子，我的日子，院中有你我足也！

　　心是一座城，可以装着一个人的容颜，也可以装着一个人的一生，这个世界很大，大到一朝擦肩便不复相见，这个世界又很小，小到一生只能遇见一个人。在自己的乡间小院，木门虚掩，满花院香，桌上的花随四季更迭，哪怕是春天的桃花、冬天的梅、夏天的狗尾巴草、秋天的菊，看似寻常的植物花草，就那么一插，平添几许诗意与雅致。是人间的清欢，不求多大，不必繁华，足以容纳我们，一日、两人、三餐、四季。

村　庄

　　村庄在暮霭中的一幅画面是老人家慢悠悠地牵着牛在田埂上踱着步回家，小孩子走在回家的乡村小道上，天真无邪的笑脸映在夕阳西下的余晖中，村庄中有了些许生气。炊烟袅袅升起，村庄只有在早晨与傍晚才有了烟火气。

　　这个村庄一整天只有老人和狗，偶尔几声狗吠都显得格外刺耳，青壮年都往外奔前程了。整个白天就像一个梦境，能做庄稼的老人都到地里去了，留下一个空空的村子。你要找一个人，只能找到一个院子的空房子，要么院门紧锁，要么敞开着，把一个家闲置在光阴里，一天一天斑驳在岁月里。

　　张厚在这个村庄生活了十多年，他一直不想做一个农夫，在家他是老大，下面三个弟弟，很多年前跟着父母亲辛苦地干过农活儿，住着两间黄土墙的老屋，晚上睡觉还得到处搭伙去睡，没有真正的落脚处，东家睡一晚，西家打个盹儿。他看着那些路边的窗户和破墙洞、老树。让他这些年来怀着十分矛盾的心理生活在这个村庄，种地对他来说不是一辈子的事儿，现在他一直在读书，成绩不错，等他上了高中就是三年五载，迟早会扔掉这把锄头。他只想做这个村子里的旁观者，远离村庄和那些偶尔路过村庄的人一样，在多年后看到几个生活场景激动不已，大

村里人家

肆抒怀回忆当年。

张厚家穷，父亲是个老实巴交的农民，世代都是贫下中农，母亲那个时候因为是地主家的女儿，嫁不出去，才选择了他父亲，父亲家世贫寒，在他父亲两岁的时候母亲难产死了，后来他爷爷给找了个继奶奶又生了好几个子女，这些缘由使他父亲的日子过得很苦，从小跟着没有儿女的姑姑帮衬着长大。张厚的母亲嫁过来也受了不少气，分的东西少得可怜外，老是被继奶奶的子女欺负。在张厚上小学的时候，有一天放学回家的时候，亲眼看到他母亲被继奶奶的两个女儿打倒在地，被她们骑在身上打。当时张厚哭喊着跑过去，她们知道小孩儿一哭喊立马就有大人过来，她们赶紧选好方向跑了。这些记忆一直是小张厚回忆的一种伤，更是他想改变他人生的原动力。

张厚在那个时候就暗暗发誓，一定得出人头地跳出农门。保护母亲，让母亲以后好好享福不再受人欺负。从此张厚一直很努力地学习，直到上高中，家境稍有改变，父亲在外偶尔包点儿临时活儿干，母亲相当的好强，只想让孩子们都能读上书，在农村拼着命找农活儿干，把家里和地里都打理得井井有条。张厚一心只想跳出农门，读书成绩平时发挥他都是名列前茅。恰不逢时，在高考时他生病了，在考场上头昏脑涨，也许因为紧张的缘故，发挥失常，成绩单一出，他却名落孙山了。家庭条件虽有改变，因后面有三个半大小子需要吃喝拉撒，上学需要钱，对于父母来说已经非常吃力了；他母亲本来不想让他再复读了，可他保证只复读一年，再考不出去就死心了。他非常珍惜来之不易的机会，第二年他考上了大学，当时是他们村里第一个大学生，村里人都来恭喜他们，在那一刻，他感觉给他的父母脸上争光了，因为继奶奶的几个孩子的眼里他看到了嫉妒和羡慕的眼神。

没有想到的是，张厚的二弟在他上大学的第二年也考上了大学，这个村子沸腾了，竟然一家出了两个大学生，这不仅仅是嫉妒和羡慕，简直是祖宗坟上冒青烟了，什么好处都让他家占了去。在农村儿子多，还学业有成。

以后多少年里，这片田野上少了两个种地的人，有些地因此荒芜。路上也少了两个奔波的人，一些尘土不再踩起，一些去处因此荒寂。村里少了两个说话的人；但另一方面，村里少了两个吃饭分粮食分土地的人，意味着毕业后会在某个城市或县城里吃国家粮，上班工作，有工资拿，不用再面朝黄土背朝天。张厚的父母因为两个有出息的儿子从此扬眉吐气了，能在村子里直着腰杆说话了。有些事情不再被说出，对这个村庄来说，这算多大的损失呢？村里的生活是否因此清净而富裕。

而那个时候，他们全做梦去了，在梦中远离家乡。

一只鸟儿落在他家的树梢上，一直盯着他家的土墙院落，空荡荡的。

多年以后他家的三弟、四弟都出去创业了，他家的土墙屋早就换成了楼房，他们回家的路上自己开着小车回家，一栋栋红砖碧瓦的小洋房矗立在田野中。而他们的田土一直荒芜在荒野里，落在最后的村庄就是那么几十户人家，男女老少不到百口人，唯一的武器是锄头、镰刀，唯一的生活来源是几条毛渠几道田埂，几亩田地，几堵破旧的土院墙，这能抵挡什么呢？人们想改变，就得向未来奔跑，寄希望于未来，在更加空茫的未来，他们循着岁月追赶而来，跑在最前面的是繁华的都市，紧跟其后的是大小城镇。他们在其他陌生的地方真能获得一种强大的力量抵御过去。

他们面南背北的房子终于一栋栋一年年抵挡着从荒野里吹来的寒风,它们把荒凉阻隔在村后,长长的田埂年复一年地阻挡着野草对遥远的城市入侵,村里人一点儿不清楚他们所从事的劳动的真正含义。

许多年月使他们走出去的人,再也无法回到这个村庄跟前,无法再握住从前的那把锄头。

不管多少年以后,而他们的心却留在了这个村庄里,止住了日渐淡忘的记忆,不能留住的扔在风里。这个世界无法留存的存放在心里。而他们的根只存放在一个村庄里,完完整整,那些牲畜、人、草木、阳光雨水和脚印,连夕阳下弥漫的尘土都是他们朝思暮想的眷念。

慧　子

慧子的爸妈因为奶奶要把农村的老房子掀掉，修了一栋二层楼的楼房，从房子打基脚到成功，花了几十万元，背了一屁股的债，慧子爸妈一开春的时候，就出去打工挣钱去了。

第一次见到慧子的时候，慧子6岁，站在春寒料峭的村口，吸着鼻涕，瘦小的身子背着一个画有动物卡通图案的书包，一蹦一跳地跟在奶奶的屁股后面，走在大湾的村路上，去小学报名。慧子五官小巧，最好看的是有一双大大的眼睛，非常灵动，也许是跟着乡下的爷爷奶奶的缘故，剪着齐耳的学生头，头发总是乱糟糟的，从来没有打理捋顺过。

慧子的爸爸长得比较瘦小，妈妈却和她爸截然不同，长得肥胖而高大，听慧子的奶奶说在外面打工因她爸瘦小不能做重的体力活儿，她妈在外面比她爸挣的钱多，所以在家里都是她妈做主。慧子还有个姐姐长得胖而高，像她妈的身材，比慧子大9岁，在县城里读初中，慧子的小身板也许是遗传她爸的。慧子从出生起就和其他的留守儿童一样，父母在不断地打工，积累财富，积蓄一点儿钱就在农村修大房子，然后到处打工挣钱还债。所以慧子一出生没有多久，在外婆家里养了一段时间，再跟着奶奶。因为爸爸妈妈一直在外面打工，慧子只能跟着爷爷奶奶他们慢慢地长大。奶奶喜欢打老牌，每天吃完早饭就去和一帮老太老头们打牌，爷爷耳朵聋也不怎么管事，慧子要什么只能和她奶讲，而她奶奶只管她吃饱穿暖，学习成绩好不好，都是放任自流。

每逢放暑假，慧子就跟奶奶走亲戚，慧子最羡慕的是去她两个伯伯家里，都不在农村，家住不同的县城，听乡里人用羡慕的口气说，两个伯伯都是自己拼命地读书，考上大学拼出来的。那个时候吃国家粮从红本换蓝本，是一件非常让人羡慕的事儿。在农村家里能出两个大学生，在他们乡里还是轰动一时的事情，因为那个时候，条件比较差，吃饱穿暖都成问题，慧子的爷爷奶奶能节衣缩食盘两个伯伯，读书上大学是非常的不容易。所以两个伯伯大学毕业后，进入不同的地方机关单位里上班，家庭条件非常得不错，他们对爷爷奶奶特别孝顺。两个伯伯的儿女，堂姐和堂哥是在父母的呵护中长大的。他们可以跟着爸妈逛超市，里面琳琅满目，吃的穿的应有尽有。可以在父母的怀里撒娇，慧子非常羡慕他们。每一次慧子跟着奶奶在两个伯伯家里住上几天再回到乡下，那时大人们已经睡着了，慧子听着窗外的虫鸣声，从田园里吹来一阵阵风，乡村的安逸是缓慢舒适的，慧子第一次睡不着，静静地躺着，想起两个伯伯的家的堂姐、堂哥他们跟爸爸妈妈陪伴着长大，在自己父母面前撒娇，买自己喜欢的东西。慧子看在眼里，想在心里。总是盼望父母早日把债还清了就回来了，可以陪着她慢慢长大，只要他们在她身边就行。

慧子不知道过了几个暑假与寒假，在父母的离别中一天天地长大，慧子放学后总是落在同学的后面。在宁静的傍晚，一个人对着野花悄悄私语，说着女孩子的心事，想买一件漂亮的裙子，或想买一本小人书，有些话儿想和妈妈说的，都给路边的花儿虫子听了去，听到大人们唤着小孩子归家的声音，慧子才慢慢地捡着一朵朵野花散落在回家的小路上。

就像慧子的梦想一样一路延伸而去。

有时候慧子无聊就爬到窗台上，向外望去又看见村子里那个发了疯的男人，一个人站在草地里自言自语地说着什么，当看见慧子看着他的时候，一双熬得通红的眼睛盯着慧子喃喃自语："乖女人是婊子，乖女人是婊子。"乖是我们那边方言，意为女子长得好看。疯子模样凶狠，慧子非常害怕，把头缩了回来，后来听村子的大人们说，这个疯男人还是大学生，在城里的某个单位里上班，心里默默喜欢上一位漂亮的女同事好久好久了，托人去说，哪知女同事嫌弃他家是农村的，条件不好，就讽刺他癞蛤蟆想吃天鹅肉，也许他是受不了这样的打击，还是太喜欢那个女人了，自己七想八想的就拐不过弯来了，神经出了问题，后来越来越严重了，终于在单位里爆发了，单位派人把他送到靖县精神病院治了一段时间，稍有好转，给放了回来，后又复发了。被单位派人送回了村子里让他父母照看。

慧子经常看见他游荡在荒野里或村子的周边，有时隐藏在家后面的一蓬一蓬的蒿草中，或蹲在村边路旁，突然站起来吓人，那个夜晚慧子睡不着，看见村后仅有的几颗星星，孤远、寒冷。慧子觉得天黑，夜里不能暴露自己，院外稍远处影影绰绰的一大片黑影，慧子知道它们是一蓬蓬蒿草，一到夜晚变得像疯子一样的狰狞和妖魔鬼怪一样，让她莫名的害怕，她不知道自己害怕什么，爸爸妈妈修的院墙里能挡住什么，只想一家人挤在一个窝里就温暖了，那才是一种没有孤独的安全感，暖盈盈的闻着亲人间的体温带来的气息。

时光在慧子的童年里一寸一寸地剪掉，剩下的是一个夏天和冬天，夏天放假的时候可以出去和奶奶串门走亲戚。冬天寒冷得寂寞，让人发慌，而慧子的心思里却只有想念冬天雪花飞舞的时候，年近了，爸爸妈妈该回来了。

夜

夜是妖娆的，而美的事物，多存在于荫翳中……这种幽暗不明、暧昧不清之美相对于白天的坦荡，总是那么沉寂、昏暗、素雅，容易入人眼，更亦入人心。大多数的人喜欢夜色，那种荫翳如同梦游，让人欲罢不能，审美如此，读书如此，人生也如此。觉得夜是神秘而又令人向往的。

夜，月光洒落室内，让人浮想联翩。每一个城市，每一个角落在演绎不同的故事。那些白天看不到的夜宵店、烧烤摊，一到夜晚如雨后春笋般地冒了出来。对于一个喜欢美食的人来说，那些美味各有特色，在夜色中游弋于不同的地方享受不同的味蕾感受，大饱口福。

华灯初上，酒吧、歌厅、茶楼都是夜生活中一颗璀璨的明珠，它照亮了寻求快乐而孤独的灵魂。上班族白天总是精神紧绷，到了晚上才有放松的感觉。夜的一切寂静，忘却白日的喧嚣，忘却现代的浮躁。一瞬间迷失在这样的夜里，更会沉迷这样的夜晚，在夜里彻底给沦陷了。黑夜有点儿诡异，总是让人捉摸不透。城市的夜晚是孤单的，五光十色中一半是天使，一半是魔鬼。夜的气息是矛盾的，一半是火焰，一半是海水，既能含着每一丝安静，又会在浮躁中勾起一抹忧郁，荫翳或许在黑夜里半明半暗的光线中寻得片刻的安宁，是夜幕中的一片清净之地，又是喧嚣中的荼蘼。

  一轮明月，静静地陪伴着，说不上孤独与寂寞，陪着夜，陪着这座城市里释放出的青春、爱情，如同烟花绽放，是夜的靡靡之音有着迷人的气息，让人陶醉。乡村的夜已是月上柳梢头，一株草、一棵树、一只小虫……在黑夜里匆忙地扎根发芽、驻足生长，在风中浅唱……夜再黑，夜空却是晴朗的。一个人目睹日头落尽，看着村里人回村，牛羊归圈。然后关好院门，把电灯扯亮，又最后一个把灯扯灭。当半村人鼾声大作时，另一半村人正醒着。在秋天的月光下每家每户的门口堆满金灿灿的谷物和草垛，拴在圈里的牛羊也睡着了，打着人一样的鼾声，在寂静的夜里那就是一曲生动的交响乐曲。远山近影恍恍惚惚在黑夜里，泊在月光中的村子谈不上寂寞，放眼望去，灯光朦胧，仰望天空零星点点，时间就像夜空中的乌云，吹散它的风藏在岁月中无声无息。夜就是一个口袋，左边装满白天的秘密，右边装满被遗失的记忆，最后所有的光鲜都会被黑暗的褶皱吞噬。天亮时，给每个人兑现，从不吝啬。黑夜中，一阵秋风荡漾，这风，荡起了谁的心；这夜，又漆黑了谁的梦？

日 落

　　人生像一场日落，带着岁月雕刻的痕迹，从容淡然，气韵天成。坠落之前的太阳充满了从容，结局已在眼前。夜色即将来临。夜晚相对于光天化日，更能给你带来愉悦。因为那是可以盛容梦魇的时间。

　　随着经历的增加，我们一生会失去很多东西。得积攒了多少无奈和心酸，才能让你悄声无息地放下那些执着的人和事。唯一伴随我们的是看待这个世界的方式。

　　越来越不喜欢付出代价去做毫无实质意义的事情，人最大的弱点就是太看重别人的看法和反应，顾虑重重，将本来挺简单的事情倒办成复杂化了。你有你的力量，不要让外界的评价影响你的内心。形式已经很不需要了，成熟就是不断地抛弃形式看穿本质。于是心就是这样的，走在年龄的前面，老得这样快。与其要牺牲睡眠，顶着冷风，去看一场日出，更喜欢随性路过的时候，邂逅一场日落，开着车在日落的余晖中缓慢地行走，或者走下来独自站着凝望它很久。

　　每个地方的日落都不一样。曾经在北京出差时在东三环的过街天桥上看到过最狰狞的夕阳，火红火红，肆虐地侵袭着天空，太直接太恶劣，犹如生活的面目。

　　日落更像一个人的暮年，慢慢地走向衰老直到死亡，每一个即将陨落的人生，都是孤独的，像我的父亲，我的老师，他们一动也不动的身体，停留在你眼前再也没有表情的面容一直在脑海里挥之不去，像是一轮沉静如水的夕阳，它让你无声无息。心里非常的悲伤，一切都是如此的灰暗。

一个给我骨血的男人，一个是我文学殿堂里的指路人；他们一个一个从我身边被收走了，我们再也不会有冷漠与僵持，再也不会有相逢和告别。他们已经死了，再也没有回应。当门外的天空开始发亮的时候，我看到整个县城变成了一个潮湿的容器，空空的，什么都没有。

新的一天就在眼前，我觉得很孤独，那种只有一个人的孤独，所有人都和你没有关系了，所以人都消失了。

我一直相信宿命。相信掌控着我们的巨大力量。从不允许我们违抗和逃避的力量。就像人的生命一样脆弱，脆弱得像一张白纸，在眼前轻轻地撕裂，再慢慢地变成粉末，灰飞烟灭，直到消失。

走过半生，逐渐想明白生之必死，浮生若梦，只有把虚名放下，把得失看淡，才能向内看明自我，沿着心之所向，一路前行。

月光很皎洁，洒在露台上像倾倒的河水。深夜里失眠，独自醒来，看到窗外寂寥的大街再也没有白天的喧哗。可是寂寞袭击而来，想起来一些身边发生的爱情故事，像无限婉转的柔情，是掠过手心的一道弱光。我总是爱上同一类型的男子，和我17岁时恋爱时分开的男子，是一样的。虽然他已不在了，但他阳光般温暖的笑容和挺拔的身材，活在爱的绵延生长之中。一直有一样的外表和性格特质。这样单一和鲜明。即使我也曾尝试着和其他类型的男子恋爱过，但那通常只有两个原因，他们积极地靠近了我，或者我感觉寂寞。但最后穿帮，我依旧发现他们不是我所爱的男子。这种感情是错误的，不是自己想要的，我必须要收回来。我知道我真正想要的男子是什么样的，如此确定无疑。就好像一把刀砍在自己的肋骨上，我会感觉它疼痛发生的距离，在靠近心脏边上的第几根位置。我摸得很清楚。我像一个人的肋骨被砍了一刀的人，每天窝着身体安安静静地走路，不让任何人看到。走在人声沸腾的大街上，只能因为自己一个人感受到的痛，而感觉寂寞。

那我所爱的男子，在人群中交会而过的第一眼，便能把他辨认出来。一个心跳的距离，我相信自己的第一感觉。彼此凝视，他的眼神，从上而下，并不坦白。就如同他的心意幽微难测，试图自我隐藏，但我依旧能辨认出来。我知道自己一定是热烈而执着地爱过和被爱过。如同花期，由生到死。没有丝毫悔改。我的生命像一只容器，不停地灌注，不停地更新，不停地充盈。

一起与喜欢的人去旅行，一起去西藏，一起寻找世界最美的日落，去古老的巷子看稀奇古怪的东西，收藏的古董，小脚女人穿的鞋，古人用的钱币。看一切没有看见的稀罕玩意儿，甚至为了喜欢的嗜好痴迷地久久不愿离去，两个人就像一个天真的小孩子，又新奇又刺激。即使离开了，还会在脑海里萦绕好多天。

曾经在泰国的芭堤雅的海边等待最美的日落，黄昏的时候，一大群人开始站在海边等待最美的日落，也许最美的东西总是很少的机会被很少的人看到，它神秘而出没无常。太阳被浓重的云层遮住了，留下的是一片逐渐被暮色吞没的海平线。我穿着长裙靠在海边的游轮栏杆上，头上戴着一朵白玉兰花，被黄昏降临的融融暮色一直笼罩在阴影里。像一个等爱的女子，让落日的光芒照耀下寻找温暖；茫然中对它心生悲哀，却没有失望。一个没眼看到日落的人,一个无法实现的约定。虽然没有等到,但依然心生向往。

我们的生活,那就是为期待而延续着,为失望而忍耐着。就像一个人想起来的爱情,之所以寂寞,是因为彼此不懂得融合。我只是一个行走着的人,一直在走。将自己灵魂的气息注入在路上。

觉得好的爱情就是两个人彼此做了个伴,想一起坐下来,陪伴看着窗外的暮色夕阳。拥抱在一起的时候觉得安全感,很平淡,很熟悉。好像他的气味就是你自己身上的味道,不管何时何地,都要给彼此距离与空间。想安静的时候,即使他在身边,也像自己一个人。不会时常想起,但累的时候,知道他就是一个家。在一起有一致的品位。包括衣服、香水、音乐、食物,等等。打造一个属于我们自己的一处宅院,能容俗世烟火,也能容孤单落寞,院子不必大,一半盛五谷杂粮,一半盛清风明月。屋顶要有炊烟袅袅升起,扶着暮色摇摇直上。种花养草,看四季繁花似锦。一日三餐,两人一屋,一直活到暮日黄昏,年老昏沉。还在世俗的烟火深处,守一颗初心;不要束缚,不要占有,不要渴望从对方的身上挖掘到意义,那是注定落空的东西。而应该是,我们两人,并排站在一起看看落寞的人间。

喜欢落日的颜色,要么绚丽夺目,要么昏暗幽沉中渗漏出橙色的亮光,从来没有给人绝望过,多少是一种期待。如果有轮回,我依然会像爱情一样为它惊动欢喜,为它惆怅落泪,伸出手,触到的原来只是幻影。但兀自继续,自生自灭,不息不扰。

鞋

站在北京地铁车厢里，川流不息的人太多太挤，再挤再吵照样让坐在位子上的每个人依然埋头玩手机，好像旁若无人一样，置身于度外。我挤在人群中，只好埋下头来看乘客匆匆忙忙的脚，不看也罢，一看每个人都穿了一双不同的鞋，有男鞋，也有女鞋，有大头毛皮鞋，油光的黑皮鞋，女人们的高跟鞋，白的、黄的、红的、蓝的、银色的、粉红色的……唯独没有见到解放鞋和往日的皮草鞋。这里面有价值上千的名牌鞋，也有几十元一双的普通鞋，我还看到一女士，穿了一双快齐大腿的皮高筒鞋，跟高近十厘米，估计只是脚尖稍稍沾地，挤上车，一跛一跛地夹在人群中，特别显眼，不时地皱着眉头，是否有点儿嫌弃旁边的人挤她？因没有位子，只好把她那漂亮的手提包高高举过头，看来是挤得够呛了，边挤边走，穿着那一双不是特别合脚的鞋子。好不容易走到地铁中间的铁栏杆上靠着，才松一口气。地铁快速地穿梭着，随着车门的打开，只见穿黑色、白色、黄色、红色鞋的人又挤向车外，又见穿各种鞋的人又挤到车上。坐了几个站，就只看到蜂拥而至的各式各样的五颜六色的鞋，在城市中来来往往，多数的时候，都是一个人行走。赤脚从乡村走向城市，从草鞋到布鞋再到皮鞋，呈现出来的是层次、是阅历、是人生。

不同的鞋不同的感觉，有的鞋徒负虚名，华丽的外表让人赏心悦目，但穿在脚上不一定舒服，犹如嫁入豪门的女子，一入豪门深似海，穿金戴银的外表下有一颗空虚的心。

从农村里走出来的人，他的鞋有不同颜色，从最初的田野上走出来的路，穿的是草鞋，一条充满荆棘的路，却是一双最原始的鞋，也最实用，是中国人最初发明的一种鞋，它最早的名字叫"扉"，相传为黄帝的臣子不则所创造。草鞋的编织材料各种各样，有稻草、麦秸、玉米秸、东北有乌拉草。草鞋是最原始的，从原始人类到现在一直被人类所用。是中国山区自古以来的传统劳动用鞋，无论男女老少，凡下地干活儿、砍柴、伐木、采药、狩猎等，不分晴雨都穿草鞋。草鞋既利水，又透气，轻便，柔软防滑，而且十分廉价，还有按摩保健作用。

他们穿着草鞋朝一个未来的方向奔跑，跑在最前面的是繁华的都市，他们脱掉了草鞋换上柔软的布鞋，布鞋虽然排汗透气，使脚部皮肤光滑，让脚腿部肌肉放松。可预防由脚湿脚凉引起的各种疾病。在繁华的都市里却让人不屑一顾。因为它的质朴不能抵御城市的潮流与风尘。

他们把自己放逐在离家乡很远的城市里，都市里的灯红酒绿，一个城市又一个城市的漂泊。终于换上了皮鞋，衣冠楚楚配上了他们梦寐以求的皮鞋。皮鞋设计也非常时尚美观，弹性和韧性非常好，透气性好穿着舒适柔软。耐穿性和手感都非常好，具有防臭功能，不易变形。真皮皮鞋可以在不同场合上适用，可以穿休闲真皮鞋、绅士真皮鞋，按照风格又有日常休闲皮鞋，根据不同场合不同搭配。皮鞋已是现代人的人生极致，犹如女人给人喜欢穿色泽艳丽的高跟鞋一样，让她们彰显高挑的气质，雍容华贵，走到哪里都给人一份惊艳的感觉。

鞋如人生，走自己的路，过自己的桥，看自己的风景。什么样的脚穿什么样的鞋，舒不舒服自己的脚知道。

无论是解放鞋还是皮鞋，它能从一双鞋的功能，给人带来不同的人生，可以是平淡，朴实无华，偶尔会停滞不前，也可以是一场充实、美妙、精彩纷呈的冒险；也可以在人生奔跑的路上昂首挺胸走在人群中绽放出最美丽的色彩。一双鞋可以慰风尘，它用另一种形式展现人生，洗净铅华，带着岁月雕刻的痕迹，恰如人世的喜怒哀乐在时光中流淌。

三辑 San Ji

时光里的老行当

在流淌的光阴里,在细碎的点滴中,将经年如水的故事一一展现,不再错过旧时光中的眼底清欢,过去那些老旧的物件,精湛的绝活儿,逐渐被人遗失掉的匠人技艺,现在想起来令人回味无穷。

时光里的老行当

在流淌的光阴里，在细碎的点滴中，将经年如水的故事一一展现，不再错过旧时光中的眼底清欢，过去那些老旧的物件，精湛的绝活儿，逐渐被人遗失掉的匠人技艺，现在想起来令人回味无穷。

从小在县城长大，见过不少旧时光里百姓日常谋生的各行各业，现在已经很少见得着了。俗话说得好："敲锣卖糖，各干一行。"关于行业，过去的七十二行是人们比喻社会上的各行各业的说法。据宋代周辉撰《清波杂志》所载，盛唐时期为"三十六行"，到了宋代则延展为七十二行，中国历来有用语的习惯数字，比如，三六九、三十六、七十二。孙悟空会七十二变，也没有人统计过他究竟会哪些变化，所以大数通常泛指很多或综合。

"三十六行"，即：肉肆行、宫粉行、成衣行、玉石行、珠宝行、丝绸行、纸行、麻行、首饰行、海味行、鲜鱼行、文房用具行、茶行、竹木行、酒米行、铁器行、顾绣行、针线行、汤店行、药肆行、扎作行、陶土行、件作行、巫行、驿传行、棺木行、皮革行、故旧行、酱料行、柴行、网罟行、花纱行、杂耍行、彩舆行、鼓乐行、花果行等。

徐珂在《清稗类钞·农商类》中说："三十六行者，种种职业也。就其工而约计之，曰三十六行，倍之则为七十二行，十之则为三百六十

老式爆米花机

行。"田汝成《西湖游览志余》中说:"杭州三百六十行,各有市语。"

其实,人们生存于世的行业,远远不止三百六十行,随着社会的发展,有更多新型行业在过去是闻所未闻的。

每一个行业里都有虽然普通得即将被人遗忘,但对于普通老百姓来说却是一种养家糊口的手段。提起过去的"七十二行",就会想起小时候看到的走街串巷的卖货郎,在我的记忆深处,老街上响起一声声吆喝"收鸭毛喽——,收牙膏皮喽——,换红薯糖——,麦芽糖喽——"。我一听到这个声音,就会一个劲儿地催着姐姐,把家里积攒下来的鸭毛和牙膏皮拿出来换糖吃。那时候我只有几岁的样子,生活条件差,没有什么吃的,在我的记忆里,红薯糖和麦芽糖,是世界上最为美味的零食。在旧时光里,卖货郎往往是头上戴着瓜皮帽,肩上担着一对篾织箩筐。与普通的箩筐不同的是,它是上面有盖的皮箩筐,皮箩筐被卖货郎用得油光水亮,打开里面装有针线、扣子、肥皂、润面油(是过去女人用来涂脸的霜,贝壳包装,里面装有雪花膏)等日用品,而卖货郎正是七十二行里面的其中一行。

而在我们小时候,加工行的爆米花师傅,每到一个地方,摆好家伙就开始吆喝着"爆米花喽——"。我们小孩子一听到这个声音就像打了兴奋剂一样,雀跃起来,就会缠着家里的大人,把家里的玉米或米和柴火,拿去给老式手摇爆米花机的师傅,给加工成爆米花,再给师傅一点儿加工费。爆米成花的那机子是铁做的,黑漆漆的,像花瓶似的中间大、两头小的铁筒,两边固定在摇杆上,只要把玉米放进机子中,然后放在火堆里烤,边烤边用手摇着滚动。柴火把机身熏得墨黑的,到一定的时候,爆米花的师傅就会告诉你米花爆好了就等放气倒米花了,然后用麻布口袋罩住铁筒，防止打开铁筒后面的盖子后，爆米花会喷得到处都是。我只要听师傅说倒米花了，就会胆小地远远躲开，生怕那东西会炸在我身上，更害怕像炸弹一样砰的一声就开锅了。虽然害怕，但喜欢爆米花的味道，香喷喷的，不像现在用机子加工出来的爆米花还加点儿奶油，只是觉得没有小时候柴火烤出来的那么香。那时候没有奶油照样吃得香，是小时候最想念的零食。每到星期天就特别期待，迫切想爆米花的师傅快点儿来，只想听砰的一声，芳香四溢的爆米花就在眼前，那味道充斥了我整个童年。

过去的剃头匠就是现在的美发师，即使改头换面了，人们也知道是改革开放前的理发师的尊称。

在人们生活中，理发是必不可少的生活消费，它能代表一个人的形象，是现在都市男女热衷消费的行业。无论哪朝哪代都会经久不衰。

过去的剃头匠上门服务，可背起理发箱子、围起围裙到家里来给老老小小理发、挖耳，后来都是挑起担子赶场去谋营生。溆浦人有个习惯，每逢过年过节都要理个发，清清爽爽过个热闹年。所以，赶场对于理发师傅来说是赚钱的好日子。中华人民共和国成立后在县城里开起的理发店属于服务行业，归商业局管，溆城在当时就开了两家，一家在现在的西湖口工商银行对面，一家开在图书馆对面的水码头临街的外面。我的父亲与三姐就在那个时候的理发店里上班，分配到不同的理发店工作。那个时候的理发店没有现在装修得如此豪华，夏天在店里四周的墙壁上装上几个摇头的电风扇，中间放个烧水的炉子可供客人们用热水洗头，还有用铁皮包裹起来的吹发机、电剃推剪，插上电就在一遍遍嗡嗡声中把客人的头发推成型。那个时候我没有上幼儿园，一直跟着父亲上班，那嗡嗡声是我小时候听到最为美妙的音乐。它伴随着我的童年长大，还有店门前的石墩，一直是我玩耍的地方，有时蹲在石墩上看南来北往的客人。

客人要去剪发就用钱买个牌子，牌子上面有号，哪个师傅剪完了就会喊号。轮到谁就给谁剪，按着号的次序排队剪头发，规规矩矩地也不用插队讲情面，都按着顺序来。那个年代，还没有烫卷发，后来流行卷发的时候，店里的经理就会派年轻人去外面学习，学会了烫卷发的同时，也带来了新发型"男式女发"，结果已上小学一年级的我被姐姐当作实验品，被第一个剪成男式女发。第二天上学，结果被女同学给赶到男厕所里上厕所，我用女王般的气势告诉他们，这是新发式，在大城市里叫时髦，把发型的照片给他们看，并骄傲地告诉他们，我是剪时髦头发的第一人。以后的几天有大人剪这样的发型，陆陆续续地也有小女孩儿剪了这样的发型，他们慢慢地适应了，我也就平安无事地等着长出长头发。在以后的日子里我再也没有剪过短发。也许在那个时候，我的心里就有了剪短发时的阴影。

我们溆浦辰河目连戏，是民俗活动中的古老剧种，是各种思想的历史积淀，它涵盖多元思想，包容多种艺术。在思想内容方面融合儒、释、道三家思想；目连戏被列为第一批国家级非物质文化遗产。它是那时母亲最爱看的，咿咿呀呀的辰河高腔，锣鼓喧天，热闹非凡，座无虚席，宾朋满座。我也喜爱热闹，随着大人坐在戏台下，演员们穿了戏服粉墨登场，听着那些美妙却又不懂的戏文。剧团每晚都会在人民会场表演，那时我还和母亲一起看过《宝莲灯》中的《劈山救母》。就这样锦句辞章的老戏种一唱数百年，穿越明清烟雨，随时空迤逦而来，擦去岁月的颜色，一如纷呈万象的人生。几经百转千回，却终是被现在的人逐渐简约平凡，慢慢消逝而去。

每一个行业都有它的祖师爷，最有名气的祖师爷应属孔子，被世人尊为"至圣先师"，是教书匠的祖师爷，曾有"弟子三千、贤人七十二"之说，对当今来说属教育行业。理发的祖师爷居然是吕洞宾，木匠业祖师爷是鲁班，中药行祖师爷是李时珍，裁缝业祖师爷是轩辕氏，织布业祖师爷是黄道婆，火腿业祖师爷是宗泽，竹匠业祖师爷是秦山，酿酒业祖师爷是杜康，中医业祖师爷是华佗，茶业祖师爷是陆羽，染纺业祖师爷是葛洪，豆腐业祖师爷是乐毅，造纸业祖师爷是蔡伦，铁匠业祖师爷是李老军，梨园业祖师爷是唐明皇，评话祖师爷是柳敬亭，风水业祖师爷是刘伯温，制笔业祖师爷是蒙恬，占卜业祖师爷是鬼谷子。他们在行业里独当一面，鼎鼎有名。事实上，社会行业的分工已经远不止七十二行。这些行业也都是过去人们旧时光里最原本的谋生手段，也是人们生产生活中必不可少的行当。随着时代的发展，历史的变迁，能在一个时代里兴起，也能在一个时代里没落。随着时间的推移，将会慢慢消逝最本真的古老技艺。

漫长的时光过去了，但它的影响还会活在这世上，它活得遗世独立，固守最为原始的模样，让时光静止却又让人迷恋，从小就播种在血液里、梦里，生生不息，是人生中最温馨的记忆。

辰河戏

很小的时候,我爸特别喜欢看电影,家里姊妹中我最小,他最喜欢我骑在他的肩头,带我去电影院里看电影。在电影院里第一次接触的戏种,竟然是四大名著中曹雪芹的《红楼梦》,晚上看的就是越剧《葬花》,在记忆深处,从银幕上看到林黛玉和贾宝玉在桥边桃花树底下一块石头坐着,共读一本书,后因出现了宝钗,让黛玉非常伤心地来到桃花林里,肩上扛了花锄,挂了花囊,在落红成阵中,起了花冢葬花,在桃林中哭得悲悲切切甚是可怜。那时虽然小,四五岁的年纪,也知道跟着一起流泪。印象中的越剧曲调细腻婉转,情深意浓,韵味十足,和我们地方的辰河戏风格大相径庭。可在我眼里越剧的唱腔已是很让人迷恋了。后来跟着我妈(我妈是辰河戏迷),看了很多辰河戏,才知道辰河戏与越剧而言那才叫荡气回肠。那唱腔从低唱了数十句,忽然拔了尖儿,就像低飞的鸟儿俯冲一下,突然飞向天际,那极高的地方还能回环转折,让人绕梁三日,不禁暗暗叫绝。

说起辰河戏,自有它的古老渊源,它来自远古时期巫傩祭祀中的傩舞傩腔,辰河目连戏是它的最初形态,被国内专家们称为中国戏曲之源,可追溯到古老的图腾崇拜。人们崇神、敬神并以歌乐鼓舞娱神。屈原所作《九歌》就是沅水和溆水流域民间巫觋所编演的祭祀歌舞,名为

"娱神"，实则"吐人之情，娱人之心"。这种以娱神为目的，实为娱人的祭祀活动，萌生出日后的戏剧、歌曲、舞蹈、说唱等文化艺术，同时为配合祭祀活动，又产生了纸扎、绘画、剪纸等富有地方特色的民间文化艺术。

说到唱辰河戏，就会想起小时候我们住在圣庙山下，老砖木结构的居民点的老房子里。住在我家不远的武姓人家，父亲是辰河剧团拉二胡的老琴师，他老婆和我母亲一样在街道搬运社拉板车。他们夫妻俩模样长得特别周正，所以他们生出的孩子也都长得标致。他们家生了五个孩子，老二是男丁，其余的都是女孩儿，在女孩儿当中还有一对是双胞胎。在那个年代只要父母亲在什么单位，那么孩子就顶职在什么单位，除非自己有本事考出去。所以，他们家的男孩子和双胞胎的女儿继承父业，在辰河剧团里当演员。在戏曲中的角色分类，男的可演小生、老生、武生；男孩子因为长得英俊，在团里演小生。女的可分花旦、刀马旦、老旦、青衣。女孩子长得漂亮，一个演花旦，一个演青衣。在居民点的每个早晨就数他们家里最热闹，听到的都是吊嗓子的咿咿呀呀声，还有他们家男孩子练功、走台步的声音。

那个时候能上台演戏，也是让人非常羡慕的。那时候的人没有现在人的娱乐生活多，除了看戏，或在院子里围着聊天，就是四个人在一起打老牌（我们这边的纸牌麻将），所以看戏也是那个时代人们特别喜欢的娱乐活动。

戏院就在隔我们家不远的毛家弄子的后面，两边是用红岩石砌的坎儿，里面修了十几个台阶，再围成一个球场，从台阶走进去里面摆有很多的木长靠椅凳。上面有个戏台，戏台下面围成半圆，里面放乐器，乐师们坐在里面敲锣打鼓、拉二胡。两边有化妆室和道具室。最让人记忆犹新的是，走进戏院门口的八字形大门的台阶上，有棵弯曲的古香樟树。树冠如伞，枝干虬曲苍劲，黑黑地缠满了岁月的皱纹，光看树干，得两个人才合抱得过来，少说也有二三百年历史了。夏日里，顽皮的孩童爬上爬下，还可以躲荫纳凉，偶尔也有情侣相约于此谈情说爱。

母亲年轻的时候也是个戏迷，特别喜欢看辰河戏，每次约几个隔壁的媳妇，带着我去看戏。在锣鼓喧天中，我看着他们穿着戏服粉墨登场，听着美妙高亢的傩腔里的辰河戏，在台下目不转睛地看着花旦，在台上行云流水似的甩着水袖，还看过戏中的包公额头上画着"太极图"，断案陈世美始乱终弃糟糠之妻，后来被包公判了砍头的大结局，大快人心。也许是入戏太深，台上的生旦，竟满足地安享戏里的尊荣；台下的看客，也随了他们的悲喜，竟忘了现世的凄苦。像一缕温柔的风，让一场华丽的戏梦，抚平了白日里大人们劳作的辛苦。简衣素食、拙朴时光也是喜乐，也是甘甜。虽比不上大的梨园戏园，却别有一番情调和气韵。辰河戏有着非常丰富的曲牌唱腔，它表演粗犷、幽默灵活，高腔是它的代表声腔。所以，老远就能听到拉长了的高腔和锣鼓震天、人声鼎沸。

现在，世态纷繁，民间许多节日，已逐渐被世人淡忘、省略。在20世纪六七十年代，溆浦民间流行傩戏、阳戏、木偶戏、一人班戏以及花灯和龙船灯等地方小调，每逢过年的时候这些戏就会在县城的大街小巷里开演。在龙灯的后面，女的用油彩化成浓妆，男的穿着戏服化成小丑，扮演成诙谐滑稽的骚公、骚婆。还有船灯里扮演惟妙惟肖的蚌壳精和涎水宝，围成圈在里面唱着词曲通俗易懂的溆浦阳戏。可谓好戏连台，让我们这些小孩子一直追了好几条街，大人们唤着"回去了、回去了"，才恋恋不舍地回家。

辰河戏属于古楚文化流传下来的地方戏，即将慢慢地消逝而去，那些父辈的艺人，没有把具有上古音傩腔傩戏的辰河戏，慢慢地传承下来，辰河戏或将湮没在历史的烟云中。随着经济的大发展，我们的后代再也没有兴趣，去听这些咿咿呀呀被称为"活化石"的地方戏。他们的目光追随着网络剧、韩剧、美剧，以及其他时髦的摇滚乐、流行歌曲、网络游戏，把老祖宗遗留下来的本土文化精髓给遗留在了风里。

现在想听辰河戏的老人已慢慢地老去，偶尔有衣锦还乡的游子想回来听听傩腔傩调，与湘剧、汉剧、祁剧同为湖南省四大高腔剧种的辰河戏，只能在四方塘对面的二楼，每逢星期六晚上唱一场，因为唱戏的花旦和小生都已变成了老旦和老生了，原先的青年演员都四分五散了，调到各个机关单位，各奔前程。把以前的功底给丢得一干二净。只剩下那些老一辈的演员，把一生的青春热血献给了他们一辈子热爱的辰河戏，因放不下老戏骨们，每个周末会来二楼练练嗓，走走台。

直到现在，辰河戏被县里申请列为第一批国家级非物质文化遗产名录。2016年，溆浦县委、县政府启动了抢救性保护工作，成立了溆浦辰河目连戏传承保护中心。2017年，由溆浦文化旅游局、县人社局、县教育局、县职业中专联合招收目连戏学员30名，为辰河目连戏带来了新的生机。

夜幕微凉，街上行人寂寥无声，仿佛又在毛家弄子里听到锣鼓喧天，几个生旦、几个配角、几套戏服的排场情景，姿态唱腔，高亢婉转在夜空中响起。

溆浦老牌

溆浦人有一种独特的娱乐游戏——溆浦老牌,又称"麻雀胡"。老少皆宜,只有溆浦人会玩,非常有地域性。

岁月久远,还真的不知道是谁发明的这种纸牌。但在老一辈人眼里,那是必不可少的娱乐活动。溆浦人用笔墨画在纸上来娱乐,邵东人非常聪明,看到了商机,把溆浦人画出的108张样图用木板雕刻,印刷出来,销往溆浦。虽然现在造老牌的地方在邵东,但邵东人并不玩老牌,他们造出这种牌只销往溆浦这个地方,因此老牌在溆浦这个地方销售得特别好。

老牌老,是不知道从什么时候就有了这种牌,更不知道是谁教会了溆浦人玩这种牛儿、老千、飘花。从老一辈人口里说出的老牌有点儿文化元素在里面,老牌的张数有108张,和《水浒传》里的108条绿林好汉一样多。老牌的里的牛儿、老千、飘花就代表着《水浒传》里的宋江、鲁智深、林冲,其他索、万、筒都是代表其他的各路好汉,会聚一堂在游戏里斗智斗勇。每一次的游戏是四个人,坐四个方位。老牌上桌,翻大小。一张最大的当庄,抓头的人需17张,其他三人抓16张,最先当庄的人出第一张后,依次轮序出牌,可以吃也可以碰,和打麻将一样的操作,不同的是用纸牌,而麻将却是用竹制品,现在改成塑料的。知道怎样打的人才知道这就是纸麻将,在当地又叫麻雀胡,便于携带,随时在旅途中玩游戏,可解除寂寞,输赢是小事,最重要的是可以联络朋友间的感情。

我最初接触老牌,是因为母亲沿袭了外公喜欢打"麻雀胡",就是溆浦老牌的习惯。外公年轻时长得帅气,我家的太太(外祖母)极为看重他。在她教育的孩子中算出类拔萃的了。年轻的外公会经商,在城里混得也不错。还未解放的时候遇见了我外婆,外婆那个时候在低庄镇也算是美人一个,长得娇小美丽,温柔可人,被我外公看中了给娶回了家,生儿育女。

在城里,每逢赶集,外公就会进些烟草、针线、瓷器之类的货卖给那些南来北往的客人。偶尔得了几块光洋,外公就会和街坊邻居或者做生意的伙伴坐起来打老牌玩。

中华人民共和国成立初期打土豪分田地,外公毕竟有点儿文化知识,觉得有了土地才有了根基,不用在外面漂了,于是就带着太太、外婆还有母亲、三个舅舅、姨,一起回到乡下。乡里的族老觉得外公为人豁达聪明,会经商,见过世面,就让他做村里的会计。作为外公家的孩子,最苦的就是老大——我母亲。外公有点儿重男轻女,要我母亲带弟弟妹妹,所以除母亲之外,外公让其他的孩子上了学,几个舅舅和姨都跳出了农村。

母亲从十一二岁跟着外公跑,直到17岁由外公做主嫁给了我父亲。母亲年轻的时候日子过得比较苦,为了盘儿养女没时间去娱乐,到了暮年清闲的时候才知道自己还会老牌这门技艺。父亲是不会打老牌的,每逢过年过节母亲和我们几姊妹都会玩得不亦乐乎,而父亲只能默默地坐靠椅上不知道想着什么心事。每逢夜幕降临的时候，沉默寡言的父亲总是拿着靠椅坐在家门口看着过往的行人，和他们打一声招呼，这几乎成了父亲的一种习惯。

听人说玩牌可以防止老年痴呆，这一点确实可能还是有点儿科学依据的。父亲就是不喜欢娱乐才在临死的前几年得了老年性痴呆，走出去不知道回家的路，记不起家人的名字。年轻时最喜欢赚钱的他，到了年老了，竟然分不清钱的大小和多少。而母亲直到现在还如此清明，都源于打老牌的缘故，可以和人互相交流，在牌桌中让大脑不断地运转。父亲过世后，她吃完早饭一个人慢慢走到花果山口子上的老年协会去打老牌。

想一想这老牌的取名：万字、索字、筒字，牛儿、飘花、老千等，想得深远，是民间文化的一种智慧体现；想得透彻、超越了任何一门哲学、玄学甚至政治经济学与社会科学。桌上108张牌，抓上手的65张，剩下的43张里得从你手中配组。有的需要对子可以碰或做一对"妈妈"，就像经营一个家庭一样，两张一样的就像一对夫妻，怎样发子发孙，把手中的牌捋顺——组合。还得斗智斗勇，会算牌，桌上出了什么牌，剩下要抓的是什么，自己手中需要的是什么牌，也得捋顺了。从抓牌到配组，最后需要什么牌到最终胜券在握，需要整个筹划布局，不得不说这牌就是锻炼一个人的智慧。它的意义远不止消磨时间这么简单。

但对于有些老牌客来说，重新洗牌，也能扭转乾坤，打牌也是打气势与心理战。那老牌客从容不迫的气势往往就能压倒在座的其他人，另外几个人受得住的可以按自己的想法出牌，受不住的就会乱出牌。打输的人面红耳赤，胆怯了，出每一张牌都怕是被他们抓的炮，让自己惊魂不定。赢者谈笑风生，淡定自如，手中的牌越打越顺。好像牌神特别眷顾他一样，拿起手中的牌随便怎么都可以和牌。

打溆浦人玩的老牌使人精明，一家人玩牌使人和睦，偶尔和邻里间玩牌是睦邻之道增进感情。它的存在能延续至今自有它的价值，这何尝不是一种智慧的结晶。

漫谈龙潭宗祠

我曾多次参加对溆浦宗祠的考察，也写了几篇关于宗祠的文章，经过几次深入考察后，我一直在思考溆浦境内的宗祠为什么特别多，它兴建的高峰期为什么又是在明末清初，尤其是在清中叶以后。在建筑风格上，受到各宗族自身经济和各时期民间工匠的营造手法的影响，而产生一定的差异，而这些差异的形成，又是否与各地宗族的习俗、文化观念、地理环境有着联系？这给我们留下了更多的思考。

一、宗祠的现状

宗祠的产生和发展，在封建社会代表了一个姓氏和宗族的兴衰，代表一个家族的渊源历史，记录着家族的辉煌与传统的传承。

溆浦龙潭是一个历史悠久、保存的古建筑最多的古镇。现今还保存着很多与宗祠相关的古书院、庙宇、牌坊、风雨桥、古民宅等建筑，这在全国范围内也不多见。尤其让人震撼的是，龙潭至今保留的宗祠很多，而成为一大亮丽的景观。经初步统计，这里至今还保留着40余座各具特色的宗祠。除此之外，还有19座没有修缮完成的祠堂。其密度之大，气势壮观，堪称一绝。

宗祠，即祠堂，是供奉祖先和祭祀的场所。祠堂是按宗族组织来划

龙潭王氏宗祠

分种类的。大致上可分为宗祠、支祠、家祠三种类型，除此之外，宗祠是纪念性的建筑，具有重要的文化象征。

　　我们这次考察龙潭，其中十多座风格各异的宗祠，如李氏宗祠、王氏宗祠、夏氏宗祠、姜氏宗祠、向氏宗祠、韩氏宗祠、吴氏宗祠、谌氏宗祠与周边的易氏宗祠。它们在工艺上，吸取了我国古代亭、台、楼、榭的传统营造手法，融雕刻、泥塑、绘画于一身，画栋飞甍，煞是壮观。每一座宗祠都有书法与壁画，甚至名人题字的展示，代表每一个家族不同历史时期的荣耀，家族兴旺会加大力度修建一些与宗祠配套的建筑。龙潭镇岩板村吴姓氏族，在清末至中华民国期间，还以吴氏宗祠为主体，相继修了本族的书院（即崇实书院）、风雨桥（即穆公桥）以及众多的两厅堂或三厅堂的民宅。风景各异与祠堂组成一整套富有宗族特色的建筑群。宗祠的产生，使每一座宗祠的宗族形成一定的文化特色。每一个祠堂中都有自己的书院，有自己家族的族灯，如张氏祠堂的蚕灯、扶氏的祠堂的虾米灯、唐氏的喔嗵灯等。龙潭的宗祠比较集中，甚至有八座宗祠在一条龙水上。据民间流传的《鲁班经》中记载："凡做祠堂，为之家庙。前三门，次东西走马廊，又次为大厅，厅后门茶亭，之后为寝堂。"祠堂的大致格局都是按《鲁班经》中所述的三厅堂建筑所建。

　　这些宗祠年数已久，大多数经过复修，大门的雕刻多为泥雕、浮雕和壁画。龙潭宗祠系砖木结构，呈长方形。宗祠大门为仿牌楼的青砖建筑，外面的泥塑以龙为主，用中国的吉祥物组成，有凤、鳌、狮、鹤等。并用泥塑造出中国广为流传的民间典故，用来弘扬中国五千年的文化传统。孝悌忠信、礼义廉耻、一系列的警示之言，告诫宗族的子孙后代,为人处世。祠堂在两边缠绕着张牙舞爪的龙,右边"魁武"、左边"魁文"意为文武双全,预祝子孙后代独占鳌头。

宗祠建筑的瓦面飞檐翘角,有腾飞的龙、展翅的凤,中间置一宝顶,这里不是采用常见的葫芦宝顶,而是采用"魁神点斗",是一个"魁"一手举着笔,一手拿着斗,用笔点中考试人的姓名,故高中状元者有"魁星点斗,独占鳌头"之说,是古人希望子孙后代金榜题名、光宗耀祖的寄托。

再在门楣中间刻上氏族所仰望的显贵家族为郡望。如陇西李氏、太原王氏、汝南周氏、延陵吴氏、京兆李氏、河内向氏、清河张氏等。明代杨慎《丹铅总录·郡姓》:"虚高望族、起于江南。"清代《十驾斋养录·郡望》:"自魏晋以门取士,单寒之家,屏弃不齿,而士大夫始以郡望自矜。"明清以后郡望已成为各氏族的标志。《通志·氏族略序》言:"三代(夏商周)前,姓氏分而之二,男子称氏,女子称姓,氏所以别贵贱,贵者有氏,贱者有名无氏……而以地望(即郡望)明贵贱。"每一座宗祠都是一张姓氏名片,也是记录一个家族的荣辱兴衰。

一个姓氏的来源是不能与其郡望混为一谈的,郡望不一定代表姓氏的发源地,但从宗祠内悬挂郡望就可知道该宗祠是某一姓氏的宗祠。宗祠是祭祀祖先的圣坛,被视为祖先之象征。《宗祠论》曰:"然一族之盛衰,视乎宗祠之盛衰;而宗祠之盛衰,则视乎祭会之盛衰。"自古以来,宗族视祠堂的祭祀为宗族的盛衰之大事,明清祭祀尤盛,每个宗祠里面的族长负责组织祭祀和直接打开宗祠堂门。清明祭是每一个家族,按辈分每一户出一个人参加。故祠堂常年处在香火缭绕、鼓瑟常鸣之中。祠堂的祭祀项目繁多,每年的二、五、八、十一月为高曾祖的四时祭,冬至祭始祖,春分祭先祖,秋分祭祢和忌日等特祭。清代另有元旦、清明、端午、中元、重阳、十月朔、腊月、除夕等祭……所谓"祖先之贵,有子孙共辰享祭祖也"。通过对祖先的祭祀,以同姓血亲关系的延续为纽带,把整个家族成员联系起来,并形成宗族内部的凝聚力和亲和力。

宗祠也是体现宗法制家国一体的特征,是凝聚民族团结的场所,它往往是城乡中规模最大、装饰最华丽的建筑群体,不但巍峨壮观,而且注入汉族传统文化的精华,与古塔、古桥、古庙宇相映,成为地方上的一大独特的人文景观,是地方经济发展水平和汉族儒教文化的代表,承担着宗族繁衍的使命。

二、保存下来的原因

自古以来中国深受五千年文化的熏陶。溆浦龙潭地处偏远山区,古朴的民风,浸润了千百年的"万般皆下品,唯有读书高"的社会心态。而家族办的书院、学塾与祠堂形成一个家族体系,培养自己家族适应时代的人才,即成了乡间民众无形的自豪与光荣。也就是说每一座宗祠都是一段创业史,一首对祖先的赞美诗,一篇对后辈的诫勉词。

宗祠是祭祀祖先的圣坛,被视为祖先之象征,中国的寻祖问根的文化已根深蒂固。而祠堂恰恰能让每一个族人都知道自己的祖宗来源于何地,以及延续了多少代。

古代社会上至皇帝、诸侯,下至官宦、庶民,为县其本、祭其祖而建宗祠。《宗祠论》曰:"以一族之盛衰,视乎宗祠之盛衰;而宗祠之盛衰,则视乎祭会之盛衰。"自古以来,宗族视祠堂的祭祀为宗族盛衰之大事。清明祭祀尤盛。

中国近代史是一部自强图存而艰难探索的历史。延续几千年的中国古代文明与中西文化的冲击，在相当长的时间内，把中国的根本之源老祖宗留下来的古迹铲除殆尽，中国的传统文化遭受到史无前例的巨大的冲击力，不断地退却、变化、更新、转换。龙潭地处封闭的偏远闭塞山区，文化底蕴浓厚，能保持大量的名胜古迹，与他们对祖宗的敬畏与儒家文化的植入根深蒂固，宗族组织由于带有非常明显的提供公共服务功能主要色彩，主要功能体现为祭祀祖先、同宗联谊、编纂族谱等。涵盖了血统、身份、仪式、宗教、伦理和法律等诸多要素的宗族理念早已化为民族精神的一个组成部分，因此绝不会被彻底摧毁。

龙潭县治南一百四十里，属古蛮夷地。此地人有湘西人的剽悍与血性，一直以来对祖宗非常敬畏，祠堂就是供奉祖宗的地方，祭拜的含义是崇敬和缅怀，感悟宽厚与仁爱；是继承和发扬，而不是需求祖先的庇护和保佑。敬祖是活着的人对逝去的人的一个追念，是人类特有的精神依托与精神安慰的传承。

据记载，溆浦各地修建祠堂达千余座。虽然历经自然和人为的破坏，全县仍残存祠堂200余座，在数量上居湘西之首，龙潭的祠堂在县内保存最多。

龙潭宗祠的保留，也为更多专家研究封建宗法制度提供了便利，宗祠的本身也反映了各个历史时期民间建筑的风格及工艺水平，也是研究我国地方史不可缺少的宝贵资料。

三、宗祠的保留对地方旅游开发有什么好处

宗祠的存在不但是一种民族的凝聚力，也是对地方史文化研究的一种铺垫，宗祠文化的存在，是半个世纪以来，对近代中国教育史、地方史创造出具有民族特色的国学文化，有着承前启后的重要作用，是中国独立、繁荣、富强，有自己的文化之源，抵御外来文化的侵袭。

宗祠本身就是家族变迁史的集中地，也是一个地域的民俗博物馆，是家族的精神家园。通过了解祠堂的建筑风格、文化起源、社会历史作用，可以更进一步了解族谱、祖训的文化内涵，先祖的开拓精神，历代贤达明智的进取意识等，达到了解家族、传承、变迁的缘由，影响、教育族人，特别是年轻人要承前启后，与时俱进，勇于开拓，不断进取，为家族、为社会、为国家多做贡献，使家族、社会、国家更加兴旺昌盛。

我国乡村旅游从20世纪90年代后期转向农业观光和旅游休闲于一体，旅游、生态、文化融合发展，而宗祠具有丰富文化内涵，也是文化旅游重要部分，使得乡村旅游具有"灵魂"之源，是推进继承和弘扬中国传统文化中不可多得的优秀遗产。

湖湘文化与溆浦书院

古代没有出现书院之前以办学宫为主，学宫为官办，是专门教授贵族子弟的场所。对生员课以"四书""五经""时文"。"训以纲常大义，剖析经史之奥旨"，以备科举考试。

书院起源于唐代。唐末至五代期间，战乱频繁，官学衰败，许多读书人避居山林，遂模仿佛教禅林讲经制度创立书院，最初，书院为民办的学馆。

书院原由富室、学者自行筹款，于山林僻静之处建学舍，或置田收租，以充经费，形成了中国封建社会特有的教育组织形式。书院是实施藏书、教学与研究三结合的教育机构。

书院萌芽于唐，兴盛于宋，延续于元，普及于明清，流芳余绪，绵延千年，形成了独具特色的书院制度、书院精神，对我国古代人才培养和学术文化发展起了巨大的推动作用。

天下书院楚为盛。湖南山奇水丽，人杰地灵。

唐代，攸县光石书院、耒阳杜陵书院、衡阳石鼓书院、衡山南岳书院、桃源天宁书院，开启湖南书院文化的峥嵘大幕。

宋代，湖南书院建有70所，岳麓书院、城南书院位列"天下四大书院"。朱张（朱熹、张栻）会讲，大家云集，湖湘书院的兴起和繁荣终

崇实书院全景

成"湖湘学派之盛"。

元代，湖南新建书院22所，兴复唐宋旧书院19所，岳麓书院、石鼓书院、道州濂溪书院引领海内。

明代，王阳明讲学于岳麓书院、虎溪书院、阳明书院，传"良知"之学；湛若水"日与衡士讲学，从者百人"，湖湘书院更加生机勃发，对湖湘文化的普及、发展、传播产生了深远影响。至于后来的清代，湖南书院多达531所，三湘大地不管是城镇乡村，还是边远少数民族地区，遍地皆见书院。

溆浦当时的书院多为明清时期设立。其中，以九苞书院、卢峰书院、崇实书院、廊梁书院等较为重要。明清时期，溆浦书院弘道弦歌不辍，奠定了传统教育的基础，培育出一批蜚声中外的文化名人。溆浦先后有19人中进士、141人中举人（文、武二科）、420余人中贡生。

溆浦书院在清末建有书院12所，最具有代表性的有6所。

九苞书院原位于县城北圣庙山，为溆浦县内最早建立的书院。清乾隆《溆浦县志》中载："九苞书院在城北华盖山（今圣庙山），明天启中（1621—1627）邑令毛应韶创建。"毛应韶，字九苞，四川人，明天启年间任溆浦知县，书院因之得名。崇祯末，邑多火灾，术者谓南山高耸，居火位，宜以水制之，时任邑令林龙彩乃改九苞书院为"水星阁"。九苞书院前后延续20余年，为溆浦培养了一批科举人才。

1955年，县立第一完全小学迁校舍于华盖山文庙内，水星阁为该校分部。后因校舍扩建，水星阁陆续被拆毁无存。

卢峰书院位于县城东风景秀丽的文蔚山麓（即今溆浦第二中学校内）。1756年落成。书院依山傍水，坐北朝南，为粉墙青瓦式的建筑。

院内曲径回廊，层楼叠院，规模宏伟，布局有序。书院二门内为修道堂，后厅名云起书屋；正厅两侧为厢房，东西斋房二十六间，左右各有横屋，可容生童百人。书院四周绕以高墙，其右建陶公祠，祀知县陶金谐，并附祀知县徐堂、鲁习之等人。向绍修为书院第一任院长。1903年二月改为县立小学堂，1912年改为学校。著名学者舒新城、向达皆曾在此就读。

中华人民共和国成立后，置溆浦县第二中学于此。

正趋书院原坐落于龙潭镇营盘山。咸丰三年（1853）由邑令陆传应在明代贵州石总兵祠的基础上改建而成。占地八亩余，建筑规模宏大。大门内为院坝，场内种花植柳，二门两侧绕以高墙，将花园与书房习所分离。二门内即三厅、四厅、后堂。厅堂两侧为左右厢房，厢房前后排列三层，四周绕以高墙，可容生童百余人。湖北布政使严正基曾作《正趋书院记》，有云："一偶之趋向正，则合邑之趋胥正，经正民光，邪逆斯无，额书塾而揭其名曰'正趋'。"龙潭地处本县南陲，与隆回、洞口、新化、洪江、中方接壤。书院生童除本县以外，还有来自武冈、黔阳、怀化、邵阳、洞口、隆回、新化等地者。

1922年又陆续有所改建，1923年原石总兵塑像移祀在新建的头门左次间内。废科举后，改为溆浦一区高等小学，后又改为龙潭乡中心小学。1963年冬，书院因失火而遭焚毁。

崇实书院位于龙潭镇岩板村。为龙潭吴姓人所创办，因延陵为吴姓郡望，故又名延陵家塾。创建于清道光年间。至光绪三十二年（1906），族人吴人彦、吴龙兴、吴人念、吴墉、吴九如等又加以扩建，占地约五亩。建筑古雅，布局严谨。院址前为半月形柳塘，两侧各开正门，门为砖结构牌坊式，雕龙镂凤、飞檐翘角。两门由女墙相连，门内为花园，园中古桂成荫，芙蓉依墙，墙上嵌有多块书院记事碑刻；花园中置宝塔型化纸炉，循两条麻石小径可直达前厅；经前厅至阁廊，阁廊上悬有清宣统元年（1909）举孝廉方正谌百瑞手书"大学之基"竹纹金底匾额，字体苍劲豪放。

书院原有二十余方中堂、楹联、匾额，此匾为唯一幸存者。出阁廊拾级而上，至后厅，厅中供有孔圣人像；后厅东西两侧为厢房。

崇实书院作为湖南省内保存完好的氏族书院，国家已多次拨款维修，并公布为溆浦县第一批文物保护单位。

廊梁书院原坐落在水东镇溪口村廊梁山麓。始建于清光绪八年（1882）。为砖木结构庭院式建筑，规模宏大，环境优雅。头门三间，左右厢房各二间；二进一栋五间，过亭一间有厢房各一间；三进一栋五间，东西两斋曰"松鸣""桂林"；堂曰"咏归"，轩曰"鹿鸣"；精舍曰"蕉梦山房"，后厅曰"怀忠书屋"和"求志草堂"。

为纪念楚三闾大夫屈原流放溆浦，在山之南麓建有三闾大夫祠供奉屈原金身。山下为溪口古塔，自建成后，庙堂终日香火缭绕。清邑人张厚德作《廊梁书院记》云："吾溆处万山之中，而廊梁乃溆水发源之山，受龙潭诸水，北折东流；古义陵县治前对溪口渡黄塔脑，而其山曰鹿鸣山，为五区一大关键，又山水最佳处也。辛巳（1881年）夏，族子山之暨贺君佑卿润之、邓君雪迁哲人、陈君惠臣彤安、李君修于、戴君继唐登游，戴先生嘱额之曰'廊梁'。盈科后进必有本源，取义于此，意深远。"辛亥革命后改为区校。著名学者舒新城曾就读该书院，其在《我和教育》一书中有对该书院的描述。

1958年，溆浦一中在此开设分校，1962年被拆毁。

三都书院又名鹅峰书院，原位于县北花桥。清光绪中刘世鲤、向志鹏、舒时颖、谢宝树等创建于花桥乡大坳。光绪三十一年（1905），刘之炉等移建于花桥伏波宫（即马援庙）右。落成后，改设为区校。后毁。

解公书院建于清康熙三十三年（1694），建院地址在县城城隍庙左侧，创办人解睿。后废，改设为驻防千总署。

蒋公书院建于清康熙四十一年（1702），位于旧教喻署左侧，创办人蒋弘毅。后废，改设为训导署。

庄公书院建于清康熙五十一年（1712），位于城西洛阳城内，创办人庄清度。后废。

蒙泉书院建于清道光十五年（1835），位于县城西湖塘东岸，由溆浦知县龙光甸创办。后废。

凤翔书院建于清咸丰三年（1853），位于低庄镇，创办人陆传应，陆传应在溆浦共建了两座书院，包括凤翔书院和正超书院。凤翔书院未建院舍，在低庄的财神馆开办，院产后归镇宁镇镇立学堂。

紫峰书院建于清同治十年（1871），位于桥江镇，由王学健、艾圣道等人创办，未建院舍，就桥江黑神庙开办，院产归学堂。因明清时期，学宫经费由政府支付，书院大部取自院产，私塾由学生或族产负担。

书院弘道，文脉千年。

湖湘文化在历经先秦湘楚文化的孕育，宋明中原文化的洗练之后，在近代造就了"湖南人才半国中""中兴将相，什九湖湘""半部中国近代史由湘人写就""无湘不成军"等盛誉。湖湘文化是一种地域性的文化，如湖湘的民风民俗、心理特征等源于本土文化传统。

而考察湘人者，则更能感觉到荆楚山民刚烈、倔劲的个性。这两种文化组合是互相渗透的；与受到儒家道德精神的影响来源于书院文化的教育息息相关，如朱熹在岳麓书院讲学，史有著名的"朱张会讲"，故而能表现出一种人格魅力和精神升华。

天下书院楚为盛。湖南的山山水水孕育了一代又一代的文化名人：周敦颐、张南轩、王船山、曾国藩、魏源、严如熤、向达、舒新城等，可谓人杰地灵。挥毫当得江山助，不到潇湘岂有诗。潇湘大地孕育了"文源深，文脉广、文气足"的湖湘文明。书院文化，无疑是湖湘文明锦绣长卷的璀璨篇章。

书院弘道，其命维新。"经世致用"的湖湘文化内核，就是不断推陈出新，书院文化既是传承和弘扬湖湘文化的重要载体，也是促进经济社会发展的精神动力。

小人书

　　小时候，我们都爱看小人书，也就是现在的连环画，图文并茂，内容生动又有趣。连环画是一种古老的中国传统艺术，在宋代印刷普及，以连续的图画叙述故事，刻画人物。这一形式题材广泛，内容多样，是男女老少都能阅读的通俗读物，它们是时代的镜子，是童年的记忆，看连环画、看小人书，让你回味不一样的童年……

　　在那个咔咔长身体的年纪里，除了吃得不到满足，精神生活贫瘠，唯一让我们痴迷、让我们的思想充满幻想的就是小人书。我们那个年代的童年，生活比较简朴，除了女孩子玩丢沙包、跳房子、跳皮筋外，男孩子就玩打包、滑铁丝、弹玻璃球，除此以外，就少有其他的令人振奋的活动了。最大的快乐就是看小人书，那个时候我们都住在老街，街坊邻居之间比较亲和，到了上学的年纪，早上结伴而行去读书，晚上放学回来就从家里拿出四方凳子加一小方凳就坐在地场坪写作业，在一起打打闹闹。谁从书包里搜出一本小人书出来，为了先睹为快，总是先下手为强，抢先拿到小人书，在四方凳上翻起来一页一页地看得聚精会神，哪有心思写作业，除非答应借阅，才肯写作业，要不今天赶快看完才肯罢休。记得一本《闪闪的红星》大家争相传阅，直到翻得稀烂，还舍不得丢。甚至课余活动时顽皮的男孩子，还模仿潘冬子去追打另一个胖男孩子，把他当成胡汉三，后来《闪闪的红星》拍成了家喻户晓的电影，还谱写了歌曲。这首主题歌就成为当时非常流行而又通俗的歌曲，大街小巷都能听到"红星闪闪放光彩，红星闪闪暖胸怀——"每当听到这震撼人心的歌声，不禁热血沸腾。冬子的革命生涯就像一颗启明星，照亮了那个激情燃烧的岁月，让我们走进了红色印记中的蹉跎岁月。

最痴迷于小人书的还是我大哥，他小时候比较调皮，是家里的长子，母亲有点儿溺爱他。他每一次从母亲那里要来的零花钱，基本上都是买了小人书收在家里，没有钱的时候，逢星期六或是星期天，就去捡别人丢弃了的烂铜烂铁卖。偶尔会捡一些废弃了的电线，用火柴点燃把外面的胶皮烧掉，取里面的铜丝卖钱，弄出一阵烧焦的臭味，老被我们埋怨。可大哥坚持不懈，用烂铜铁换钱去买一本本喜欢的小人书，放在床底下的木箱子里。开始是一两本，渐渐地积了十多本，后来积满了一箱子，里面新的旧的都有。后来，一些爱看书的小伙伴们就来我家里借阅，刚开始的时候大家换着看，你没有看过的就换我没有看过的，基本上都是这样的模式，后来不能满足这样的模式就转向了经济模式，一分钱一看。就在那个时候我接触到了《西游记》《封神演义》，都是一些充满神话故事的小人书，还有一些战争题材的如《南征北战》《黄继光》《董存瑞》等。那时期的连环画可能是最盛行的时候，确实起了普及历史文化知识的作用，对提升当时人民文化水平起了不可小觑的作用。

20世纪80年代初，录音机开始流行，那个时候时髦的小年轻穿着喇叭裤、提着录音机在小城的大街小巷里放着邓丽君的歌曲，空气中平添了许多悸动。觉得邓丽君那甜美的声音太好听了，每一句都让人心动不已。

我大哥为了得到这样一部录音机，可谓费尽心机，他利用小人书到了极致，晚上出来摆书摊，把家里的小板凳拿出来，然后用木板做成框架，把铁丝拉到框架的上面，从左边拉向右边后，然后使劲地拉直，再把一本本小人书挂在铁丝上，摆在县剧院门口，小人书从一分涨到了两分，大哥每天晚上都去摆，把我们发动起来搬凳子，整理小人书，还乐此不疲，就这样整了半年，还是存不够买录音机的钱，他最后把母亲最喜欢的收音机偷偷地卖给了人家，还把他心爱的小人书也补给了别人，后来让父亲知道了给他狠狠地揍了一顿。但是大哥得了钱，买到了他梦寐以求的录音机，让他在小年轻们面前嘚瑟了一阵子，后面跟着一群跟屁虫，老是想听流行歌曲，按下录音机开始键，就像打开一个新的世界。磁带里有一首歌叫《甜蜜蜜》，当时，还没有人知道这个有着甜美声线的女歌手是谁，但她的歌声偷偷地通过地下传播的方式迅速流行起来，后来的《童年》《妹妹找哥泪花流》《乡愁》等，还有我喜欢的《小螺号》现在都还记得那歌词，都是不能让人忘怀的。

最让我觉得可惜的是那一箱子的小人书，里面应该有不计其数的画家们的艺术创作。不仅有各种古典小说、历史、传说故事等传统文化，更由于当时从事这项工作的几乎都是顶尖的一流画家，所以创造了中国连环画史上无与伦比的艺术高峰；除了已谢世的一些画家，凡寿至20世纪八九十年代的几乎都成了中国画坛上的领军人物，足见从事于这项工作的画家实力非比一般。名家的作品一方面提高了小人书的艺术水准，另一方面提升了后来的收藏价值。

时隔多年，在我们雪峰山上，一个充满书香之气的千里坪屹立着的一座古色古香的福寿阁，阁里的藏经阁不乏一些名人名作、厚重的古籍。更让我瞩目的是，这些历久弥香的小人书，它的出现，让我回味起那个时期的连环画描摹的舞台场面和故事，用漫画的形式描绘了在当时的背景下一个小人物的生活点滴。最让我难忘的是张乐平先生的漫画《三毛流浪记》中的三毛，他是一个非常可爱诙谐的形象，一个大脑袋、三根头发、蒜头鼻的男孩子，是伴随我童年时光里悄然跃动在灵魂指尖上的欢乐。

溆水风情

溆浦，古蛮夷地，唐、虞为要服，属荆州。春秋战国属楚，为巫地，秦为黔中郡。"溆浦"之名，最早出现在爱国诗人屈原所作《楚辞·涉江》"入溆浦余儃徊兮，迷不知吾所如"之句。

溆浦就是一个有古风古韵的地方，它非常独特，一般说来，河水是向东流，溆水却是向西而流。

不同的地域经过历史的沉淀，形成不同的地域文化，正所谓"百里不同风，千里不同俗"。

溆浦的年节也是大同小异，在三节中的端午节，就有一点独树一帜。别的地方只有一个端午节，而溆浦却有两个，称农历初五为"小端午"，十五为"大端午"。从初五一直过到十五。溆浦端午节，据古文献记载，溆浦"双端午节"于东汉初马援平"五溪蛮"有关，至今已有两千多年的历史了。

溆浦人其实是以大端午为重。这是以纪念伟大诗人屈原的节日。因溆浦是屈原流放的定居地，也是屈原作《楚辞》的取材地。溆浦是屈原从楚国的政治家，转换成为一位伟大的文学家的地方。溆浦人的端午节一直有悬艾叶、挂菖蒲、饮雄黄酒、洒蒜瓣子水、吃蒸蒜瓣子、背香袋、系五彩丝、挂钟馗和张天师像等古老的民俗，这种民俗一直受湘西地方巫傩文化的影响而延续至今。

自农历五月初五起,人们就沉醉在节日的气氛之中。溆浦人一直以来保持着古老的风俗,女人们忙于包粽子、悬菖蒲、挂艾叶、绣香包、系五彩带。甚至有些人家把女儿定亲上门也放到五月半,图个节日热闹,请亲朋好友欢聚一堂。上门定亲由男方买鸭、鹅或糖果礼品,带着女孩所需的三金彩礼(金项链、金戒指、金手镯),去女方家拜节。女方父母穿戴一新,把女儿也打扮得漂漂亮亮。房子里里外外打扫得干净明亮;让男方家人看到女儿光鲜漂亮,家境好,聘礼下得值得。

而男人们则忙于龙舟渡竞渡的准备,下水操练,宴请宾朋,走亲访友,发放请柬等活动。从五月初五起,一直要闹到十五龙船上岸为止,有长达十一天之久的节日活动。节日期间,这里不仅有热闹非凡的大河(沅水)和小河(溆水)龙舟竞渡,还有各种地方戏剧和民间文艺表演;同时,也是各经营商户借助节日庆典,来进行经贸交易的大好时节。人们看龙舟,包粽子,走亲访友、定亲结婚、宴请亲朋,其热闹隆重完全可以和各地春节相媲美。

过中秋节,在溆浦人眼里一定要吃到麻子月饼,就是用芝麻做表皮,里面包裹着花生、冰糖、橘皮、葱,有钱的还可以在做月饼的时候包肉,把月饼的芯子做厚,这样吃起来满嘴生香回味无穷。更有趣的是儿女家结亲上门,女婿去岳母娘家第一次拜节,都需捉两只大白鹅,把鹅头和翅膀染成红红的颜色,代表喜庆和热情,带来的鹅越大越白,表示对丈母娘家尊重,越能得到女方家里人的喜爱。八月十五那天家家户户听到鹅叫声声,鹅毛翻飞,杀鹅待贵客。

晚上月圆时再摆上几盘水果、月饼,拜请月亮婆婆,女孩子都有点

舞草龙灯

儿私心，在祷告的时候都希望自己能像嫦娥一样漂亮，做一个面若皓月般的绝世佳人。然后听邻家的婆婆讲月亮中的嫦娥和桂花树底下打草鞋的吴刚的故事。

溆浦春节从初一过到十五元宵节，新年伊始，溆浦人比较讲究"除旧岁，迎新年"，在大年三十之前，把年货准备好，炕腊肉，做血豆腐、制红薯粉等，都是溆浦特色菜。再把家里打扫干净，在门口贴上春联，一般是在大年初一的前一年也就是在除夕的时候贴，意味着大吉大利。在春节前一天除夕夜里守岁，小孩子守岁，大人们得给他们压岁钱封红包，一直守到深夜12点。初一拜生灵（祭拜前一年去世的亲人）、不出远门，不能用扫帚扫地谓之"聚财"，怕扫走财气，扫走好运气。初二是嫁出去的女儿要和夫婿回娘家，需带些礼品和红包，分给娘家的小孩儿和长辈。直至到十五，午时造纸灯，存龙、马、狮子、采茶驻灯，一起合成，有一人带头，名曰还灯愿。又曰"闹元宵"；这一习俗在龙潭一带最盛行。偶尔也会招集各乡的龙灯、蚕灯、鹅颈灯、船灯在县城欢聚一堂，庆祝来年风调雨顺、五谷丰登。

溆浦地方，至今仍保存很多的古老婚俗。女方要到男方家"看人家"，男方要给女方送礼金，并需给陪同的亲戚封红包。双方父母同意后，才能看好日子结婚。结亲那天，男方要选好吉日，选好时间告诉女方家里叫"报日"。正式嫁娶称"过门"。男方送礼到女方家一起陪同接亲的男人称"黑耳朵"。这些陪同去的人，女方都得封大红包，以示喜庆。

以前新娘出嫁，有哭嫁之俗，哭别长辈时，长辈须赠礼钱，称"压衣袋钱"。女方回给男方的彩礼中以猪肉为主，外加鸡、鱼、点心若干。送猪肉称"离娘肘"或"送肘子"。回给亲戚的猪肉叫"礼菜"。新娘子结婚当天的新床上，非常讲究，严忌怀孕的女人和男人坐床上，当地人称孕妇为"四眼人"，认为"四眼人"坐床是不吉利的。会让新娘怀不上孩子。新婚三日，新婚夫妇带上礼品回娘家，拜见岳父岳母，称为"回门"。

溆浦人喜欢以逢十为"大生日"。特别是在现在的农村特别盛行，按旧俗男女有别，一般都有男进（虚岁）女满（实岁）。婴儿周岁之庆叫"对周"，一般在50岁以下，不摆酒设宴。如有祝大生日，摆酒设宴乡人贺喜送来礼钱俗称"收人情"，人上60岁做生日时，做女儿的庆寿的同时要给父母置办寿衣、寿鞋、寿被等，衣裤为单数，都得用棉线织的布去做。以备老人死后装殓所用。寓为健康长寿，后人相袭成习，一直沿用下来。

溆浦人嗜辣，自古有之，有无辣不成菜、无辣不吃饭之俗。小时候烧几个青椒，就用镭钵捣烂了就可下饭。特别是农家尤甚，县人喜将辣椒、萝卜、豆角、藠头、姜、大蒜、芥菜等蔬菜放入陶缸中腌制成酸菜，是下饭开胃的好菜。县人还喜好剁红辣椒拌姜丝或拌豆豉，也用豆腐腌制成霉豆腐为菜。腌菜是县人之喜好，爱制血豆腐、香干、熏制腊肉。说起溆浦的油泼辣椒，很有名气，就因整个程序须用手工剪成一小段一小段，然后用油炒香，再用镭钵捶成细末，是我们溆浦人必备的好作料。做上菜撒上一把，颜色好看，又有食欲。

四辑 Si Ji

蜕变

这个村庄像一艘漂浮在时光里的船，你一睡着，舵便握在了有本事的人手里，他们的光亮能照亮你以后的生活，他们像运木头一样把你贩运到另一个日子。

蜕　变

　　这个村庄在没有开发旅游之前可以说是籍籍无名，没有名字，没有经纬度，历代统治者都不知道他的疆土上有千里坪这个村子。这是一村被遗漏的人。他们世世代代与外面的世界彼此无知，那些没有去过的地方太多太多了，没有读过多少书，没有机会认识多少人。毕竟这是一座大山，山里面的人与世隔绝得太久了，他们已经习惯了日出而作、日落而息的生活。

　　翟德书老汉今年60多岁了，一直生活在这个村子里，在老一辈人的口里流传出这个地方山清水秀，植被丰盛，从来没有人开垦过，他们的先人初来此地开垦时，曾收过千箩糁子而名千箩坪，后演变为千里坪。翟老汉在村子里生活了几十年，在这块土地上慢慢长大，从儿时长成少年再到青年，娶个女人生儿育女，在路边上面的山坎上盖个二层楼的木板房。接连二三的一些老户人家的儿女也搬到山下的路旁，有刘老二家、张三林家、杜老三家，就这样和翟老汉做起了邻居。他过着一个又一个平平常常的日子，每天早晨扛着锄头离开村子去菜地里或者玉米地里，有锄不完的草，翻不完的地，摆在眼前的活儿和昨天一样的多，只有慢慢地干着活儿把自己的一生消磨完，直到黄昏的时候，听到有人唤你的名字归家，走在回家途中，炊烟袅袅升起，隔了几个山坡和田坎

已改变的村庄

都能见到他们几家的炊烟像女人的头发一样纠缠在一起，慢慢飘远。当闻到烟火的气味时，那炊烟又被某一种感觉吸回来，丝丝缕缕地进入到每一户人家的每一口锅底、锅里的饭菜、碗、每一张嘴。翟老汉在这个村庄里经历了太多的事，村里老人一批又一批的老去，就像他种的庄稼青了又黄，黄了又青。20世纪70年代末的改革开放，还重选了村主任，重分了地。到了20世纪90年代初，村里的年轻人有的奔向山外过着打工族的生涯，留在村里的只是老人和小孩儿。因在山外的年轻人在外面发展得好，而不再记得这个山窝窝，任其木板房子慢慢随着岁月的侵蚀，如风烛残年的老人一样苟延残喘，只剩下空空的木板楼，门紧锁，整个的房屋墙默默地开裂，东倒西歪。人不在，鸟儿可以自由自在地落在屋顶飞来又飞去。这些跟翟老汉毫无关系，他没有儿子，就两个女儿，做什么都提不起神。翟家没有传宗接代带把儿的人，反正女儿是嫁出去的货，不要挣什么家底，穷日子穷着过，即使他想躺在床上睡上一年半载也没有人管。但他不这样，他每天一大早去菜地里头会把锄头丢在一边，喜欢躺在草丛中听谷物生长的声音，还有任何畜生走动的声音。一个人在荒野中，可以静静地倾听上一年、两年，就会听上瘾。此刻他仰面朝天躺在地头的荒草中，他知道这辈子也不会有人来找他，更不会有人找得到他，他在世上只活几十年，几十年一过，啥也不管就走了。他不想揽太多的活儿，沾惹太多的事情，结交太多的人。

直到有一天，雪峰山旅游开发有限公司的陈总带着一批人在他们生活的地方指点江山，悄声无息地干着他们不知道的大事情，某一个早晨他们睁开眼睛，村子变成另一副模样。改变了村内没有硬化路的情况，不再是雨天一身泥，连个停车的地方都找不到。给他们修了一条直通山顶的路，在山顶上修建了古风古韵的千里古寨，他们居住的房子全部改造成古色古香的斜檐翘角古民居，散落在山间，犹如一幅泼墨的山水画。在村子下面的山涧旁修了一座浦安冲山庄，半山腰的一片青翠的竹林里屹立着一栋栋木板房，名曰七贤居。再蜿蜒而上右手边，是翟老汉经常看到的水潭瀑布，竟然被这个陈黎明陈总把这个普通得再也普通不过的水潭瀑布打造成儿童乐园了。让这个乡村再也不能沉寂下来了，游客纷至沓来。多少个早晨翟老汉看着成群的人开着车或徒步来看他们生活过的地方，这里成了热门旅游景点。看着附近的村民和一些孩子在这个旅游公司就业，不用出远门，就在家门口上班。他再也不能淡定了，翟老汉听说这位陈黎明老总是一位传奇式的人物，是有经济实力的企业家，有道德声望，他开发的旅游建设工程办事效率高，在他们这一带下放过，有着浓浓的家乡情怀。只要是住在周边方圆几里的农家，无论谁家办红白喜事，他都会随上一份份子钱，反哺桑梓，泽被乡里，温暖故土的贤人。作为一个上市公司的老总，发财了不去坐享其成，不像其他的富翁一样拿着大笔财富去国外享受生活，而是把这些财富投入家乡的这片热土上，开发旅游事业，富了一方山水一方人。秉着那些朴素的生活智慧和草根信仰，在传统向现代转型的今天，陈黎明有着过人的见识，他觉得乡村才是心灵皈依的故园，所以他在离统溪河镇十多里的穿岩山上的半山腰中一片郁郁葱葱的竹林里，修了一栋望得见山，看得见水，记得住乡愁的诗意栖居之所穿岩山庄。

  翟老汉把眼前现实当作一场梦，恍恍惚惚，忽然醒过来，心中有了一种渴望，如果我也能在这个公司就业那就是积八辈子德了。可是自己毕竟没有读过多少书，肚里没有多少货，年纪有这么大了，自己实在不

千里坪上的龙凤观景台

行可叫他女儿上班也行。他秉着试一试的心态，家里穷得没有什么可拿得出手的，只带了一点儿自家种的土特产，去了陈黎明住的穿岩山庄，开始求职演说，结果翟老汉搓着双手结结巴巴地说明来意，本来认为自己搞砸了，没有戏了，结果陈总问他：

"多大了？"

"63岁。"

"家住哪里？"

"千里坪下面的浦安冲路边。"

"嗯，你没有文化，又做不了什么，照顾你家庭实在困难，就在浦安冲路边的保安亭做保安吧。"翟老汉一听，感激涕零，恨不得自己跪下来作揖，没有想到自己这么大年纪了还能上岗工作。居然还是在家门口上班，翟老汉心里那个美啊，自己觉得这一辈子行了最好的运气，比姜子牙还行，那老姜80多岁才走运，自己63岁就行了大运。从此改变了穷得叮当响的生活。第二天他去公司报到，给他发了一身保安服，还带着他培训了几天，以前过着散漫生活，无拘无束的他，觉得人生发生了翻天覆地的变化。早上8点30分上岗，中午还可以吃上食堂饭，下午6点30下班。每一个月还可以领到两千多元的工资，这一切都是他以前不敢奢望的。上班的第一天，穿戴好整齐的保安服，有点儿神气地站立在岗亭边，他偷偷地掐了自己大腿一把，当一阵疼痛感袭来时，他终于确定不是做梦了，让他这个面朝黄土，背朝天的土农民，成为一个新式的农民工。他内心深处油然而生的幸福感，让他感谢这一片广袤的土地，因它的独特，它的美，能让陈黎明来开发它，利用它的天然资源打造成古韵古风的千里古寨。把整个的千里坪美成一首触动人心的诗，惊艳成每个节假日游客络绎不绝休闲的好去处。

　　这个村庄像一艘漂浮在时光里的船，你一睡着，舵便握在了有本事的人手里，他们的光亮能照亮你以后的生活，他们像运木头一样把你贩运到另一个日子。

　　残月村边，疏星屋顶，从窗棂里透着斑驳的光，堆砌成故事，爬满岁月的枝藤。多少个早晨翟老汉目睹田野里影影绰绰的荷锄者，他们真实得近乎虚无，他们没有声音，也没有其他的声音唤醒他们，日复一日地耕耘，生时在这片田野里劳作，死后还肥这方土。在大地还是一片漆黑的时候，一个人心中的天悄然亮了，他的心中异常明亮，要干的事清清楚楚地摆在眼前，根本用不着阳光、月光或灯光去照亮。一个人看清了自己想要做什么事的人，总是在笼罩众人的黑暗中之前单独地开始行动，天亮以后当人们开始苏醒的时候，世界的某些地方已经发生了变化。

老人与狗

友良老汉的老伴儿在几年前就去世了,三个儿子和一个女儿,都成家立业了,孩子大了,都远走高飞了。外出务工的老二老三,一年到头就是过年时回来一次;女儿嫁到了外县,最近,老大也在城里上班居家,隔着这个山沟沟里也有几十里路,儿子接他去住,他嫌太吵了,不习惯城里的喧嚣,哪怕自己躺在田野上听听虫鸣也是非常舒服幸福的一件事。

友良老汉一辈子面朝黄土背朝天,修理着地球,在乡村里活久了,就会感到其他的事物在身上飞快地流逝,只有村庄里的水土、阳光和空气都弥漫着他的气息。

这个村子户不过百,人不足千,从东到西就那么几百米,有什么响动,从这头到那头都能听得清清楚楚。这样的弹丸之地也分个村东头的人和村西头的人。

友良老汉家住在村东头,每天都沐浴在清晨第一缕阳光中,这是一天里头阳光最鲜嫩、洁净,充满生机的晨曦。老伴儿在世的时候,在阳光中做早饭,男人们收拾农具,早早下到地里,寂寥无声地先干那么一阵子,再回来吃早饭。孩子们洗漱吃饭上学。而当阳光从东到西，漫过一个屋顶又一个屋顶到达村西头时，光线中沾染了太多的烟火味，人声、鸡鸣狗吠，乡村的一天就这样开始了，一切也都变得世俗起来。

友良老汉和一只狗守着他年轻时盖的房子，这座房子现在看起来又老又旧，低矮的翘角像一只匍匐在地的老鹰，一动不动，宣示着和老汉一样的老了……

这只狗和他的主人一样也进入了暮年，一条狗能熬到拴它的铁链朽了，不挣而断也真不是一件容易的事。想当年这狗和人一样年轻过，也气盛过，看到不顺眼的也不吠叫一声，跑上去就咬他一口，然后远远地避开。狗这一辈子也不能太强了怕惹事，会被主人打了吃肉，太弱了又怕别的人谋它的皮，吃它的肉。狗一辈子也得像人一样把握一个度，才活得更久。

友良老汉年轻的时候做农活儿可是一把好手，虽没有像其他村里的汉子走南闯北，他也去过省城贩卖过农副产品。曾经有许多诱惑让他险些远走他乡，可他留住了自己，因为那些不安分满世界乱跑的人，让光阴追着他走，活得年轻滋润，一旦让光阴追上了他们，还不及活在田园里的人自在，百年过后一把火给烧得灰飞烟灭。经过许多事儿，才知道许多离开村子跑世界的人，最终没有时间自个儿赶回来，都客死异乡。

这只狗和友良老汉一样在一个村庄里转到老，狗已老了，再无人谋它脱毛的皮，更无人敢问津它多病的肉体。年轻的狗可以把门看家，人的门，狗的家，村里来了陌生人，答问先闻狗声，令来人惊魂不定，而狗的主人则可以从容不迫，坐察其来意。这叫未与人来，先与狗往。现在这狗和人一样退休了，完成了它一生中的使命，它是村庄的一部分。它无人可咬，只在早年恋过几条母狗的村子里的乱草滩转转，闻闻。偶尔回忆，让它冥然入睡的狗眼里，都是一些它跑过远远近近的村庄连在一起。是超然物外的另一种声音，缥缈而又神秘。

友良老汉年轻气盛的那些年，扛着一把锄头挖一亩三分地都不在话下，吃两三钵子的饭，总有一股使不完的牛劲，走路的架势就像一头公牛，腿叉得开，走路生风，声音洪亮。多少年用牛一样的力气和女人生活爱情。这村庄的风里总是含有一丝温柔，总是在他充满活力的身上留有痕迹，像蚊虫叮咬一样有深有浅，不过几天便消失了，更多的是他身上陈旧痕迹磨灭不了。一些隐秘处还留有女人咬出的牙印和使劲掐出指甲印儿，心里满是许多年前的风花雪月，陈事旧影，让人难忘，是回忆与现实的暧昧与交替。

每天友良老汉与它的老狗总是目睹日头落尽，看着全村人归家，牲口归圈。而后关好院门，只有他知道这一天又完了。端着碗吃今天最后一餐饭，喝最后一顿茶水。夜幕降临时，就缠着往事不肯走，赖着曾经不放手，躺在床上怎么也睡不着，辗转难眠。第二天听到村西头的胜永老汉过世了，年纪与他一般大小。听到鞭炮声，敲锣打鼓，儿女们的哭喊声。空气里弥漫着烧纸钱的香味儿，友良老汉就静静地抽着旱烟，觉得人的一生像自己种出的庄稼，熟透了也就死了。一代又一代人熟透在时间里，浩浩荡荡，无边无际。

时间就这样漫过了时光，而历经沧桑的老人，世界已拿他没有办法，整个皮囊里只剩下怀旧往事在脑海里溜达来溜达去，只会任其自然撒手不管，把他交给时间和命。人的一生把光鲜的留给别人看，留给自己的却是苍凉,抬头看看天边的云,就是那么一朵总是盘旋在村庄的上空,是否陈旧得如他呼出的空气沾染了他的气息。这个村庄丰富了记忆,苍老了容颜,像断墙上一棵茕茕孑立的黄桷树,如一节残存的旗杆,仿佛眷恋着多年前的光阴……

三生石下的姻缘

欣是一个相信宿命的女子，一直处于迷糊的状态，直到有一天欣遇见了唐。唐的微信头像有点特别，总是层林尽染的山，山中有个深邃的洞，洞的上面竟然会有一汪清泉一泻千里，直接跌入洞口，洞中尽是泛滥的洪水，这是一张富有冲击力的照片。究竟是一个经历了什么样的人生的男人，用这样一张照片来表达内心中的澎湃？看了这张头像而令人有点儿震撼外，并不在意或想了解什么，时光总是在不经意间悄悄地溜走，直到有一天，唐在微信里留言，说欣的微信朋友圈里发的东西非常有内涵，文化气息浓郁，非常想认识欣。欣在微信里委婉地告诉唐，我们已是微信好友了，有什么事都可以交流。就因为这样一句话，让欣有了机会慢慢地了解了唐的过往。

唐是一个出生在小县城的人，按照过去的说法也就是一个聪明的孩子，从小学到高中一直成绩非常优秀，如果没有出什么意外的话就会上大学，然后出来工作再结婚生子，会一帆风顺地过好自己的人生，然而天意弄人，命运往往喜欢在不经意间给你意想不到的结果。仅仅是在食堂里替女生打饭插队的事，也许那个时候的唐年少轻狂又喜欢争强好胜，而引起排队的人不满，遂发生了争执打架的事件。如果就这样就结束了，而没有后来的发展的话，也许唐还是可以循规蹈矩地过好自己的人生，后来的发展竟然会和黑社会的人联系起来，当时是唐给非议的人一顿好打，被打的不服气，居然叫社会上的人来出气，结果愈演愈烈，互相都请社会上的人来摆平，事实上变成了黑社会之间的角逐，弄来刀刀枪枪的互相打斗，为了自保竟然聪明地自制具有杀伤力的武器。结果可想而知，少年的唐从一个学霸转变成在社会上拉帮结派，居然做起了大哥大，也许是每一个懵懂少年心里潜藏着的英雄情结，可以鲜衣怒马任意挥霍青春。

在一段浑浑噩噩的日子中迎来了高考，唐的底子打得好，在高考中也发挥得不错，考某些大学分数已上线，在等录取通知书期间，县城开始了治安整顿严打，他被人举报自制枪支弹药，触犯了法律，被法院判处无期徒刑。讲到这里的时候，唐的面部表情非常痛苦而严肃，甚至口气中带有懊悔，可想而知，一个美好的前程就这样毁掉了，对不起含辛茹苦养大他的母亲。

说到家世，让唐的心更加疼痛，母亲与父亲的结合也是让人唏嘘。由于家庭条件差，他的父亲做了上门女婿，唐的上面有一个哥哥和姐姐，是同母异父的兄弟姐妹，他母亲比他父亲大10多岁，在她母亲近50岁的时候生了他，也正是应验了民间的一句话：老蚌生珠，老来得子。父母溺爱而造就了唐的前半生的坎坷人生。由于在社会上上门女婿地位卑微，一个大男人被欺负得没了尊严，长年累月的压力下让他父亲选择了喝农药自杀，那一年他父亲50岁，唐10岁。这件事情上让少年的唐产生了叛逆心理，从而出现了上面一系列的事件，在19岁的美好年华里戛然而止，开始了永无止境的监狱生涯。

也许每一个人的人生都有不同的成长经历，而唐的人生可以说是一本充满传奇色彩的书,在坎坷的人生中潮起潮落,在跌宕起伏中慢慢学会成长,打开它像一杯咖啡,既苦涩,又有一缕说不出来的回味,他说偶尔失眠的时候忆起,心头泛起一股特别酸涩的滋味……

监狱里的日子,让他做什么事,他都尽力而为,既承受痛苦也承受了历练。在回忆中他告诉欣说:"我一定要坚强,为了早日出来,在监狱里好好表现,把以后的生活过好,那么我就没有白来人世间一趟。"看着他充满沧桑的一张脸,书写着一个个永生难忘的故事。他的风雨人生就像写作,开头一笔最难写。有时候需要苦吟之后落笔。遗憾和不满意之处,总想能有一次机会重新改写。可是人生没有重来,人从生下来那一刻就已经注定了不能回头和修改。只有认真地写好每一个词,每一个段落,全篇才会精彩。

在他33岁那年,他终于出狱了,在未知的世界里他脑子一片空白。现在的手机、电脑、QQ、微信,如何去面对即将到来的新生活,他只能一步一步地去感受生活,哪怕面对的是欺骗,是冷漠。过去的历练让他能从容地面对一切磨砺,他说:"出来的时候一无所有,我曾摆过地摊,做过机械厂的厂长,后来因为觉得帮别人打工还不如自己干。"从他坚定的眼神中看出他对生活有所渴求,对自己以后的生活品质有所追求。不仅仅是满足于现状,他开始了做房地产商,承包工程,从小到大,一直做到现在的唐总。有了自己的团队,有了自己的公司,不得不说他来了一次最为华丽的转身,这也是生命中新的轮回,一切都是崭新的开始。遭遇失败和苦难时,他不是满腹牢骚,也不怨天尤人,而是要经受考验,坚持努力,一点点积累,最后从逆境转化为顺境。

谈到感情的生活，他眼神迷茫，这八年来的风花雪月也正如一句话："落在一个人一生中的雪，我们不能全部看见。每个人都在自己的生命里孤独地过冬。"对于爱情可以说因为爱过所以慈悲，因为爱过所以拥有，他在红尘中不断地遇见，不断地重逢，他经历了三个女人的悲欢离合；爱和爱过，多了一个字，却隔了一个曾经。也许他的前半生的大好时光已经是在颓废中获得重生。对待感情他不想苟且，他想遇见真正的爱情，不是荷尔蒙的一见钟情，而是灵魂思想的相互碰撞。是有人忽然闯进你心里的那一瞬间，让他仿佛拥有了新的世界。是经历了平淡琐碎依然乐在其中，是走过了灼灼年华依旧两不相弃。

他与一个名叫静的女子的相遇就像越过熙熙攘攘的人潮，浮过万千韶华，叩开岁月的篱笆，她安静地定格在彼此的眼里，想着一见倾心的默然相许。悠然坠地，进出前尘的回忆，世界上最幸运的事是，你喜欢的人，她正好也喜欢你。如果世间所有的相遇都是久别的重逢，那我就有理由相信，三生石上刻姻缘。

唐在这个时候遇见了他心仪的女子静，就像冥冥之中相遇，彼此之间没有陌生感，就像认识好多年一样，前生在彼岸花前情不因果，今生终于重逢，其实他要的并不多，因前半生的坎坷把自己人生给荒废了许多。碰碰磕磕经过了几段恋情，终因情不因果而散落天涯，而这简约的心事，清淡的念想，于世俗却要过尽万水千山方能寻得。他愿用后半辈子的修行换来与静今生的好姻缘，换取一杯茶的闲逸，一株草的慈悲，一个人的真心。在轮回中安静清澈地活着，愿此生只爱一个人，只有一个故事，只留一种结局。

也许此生对唐来说遇见的人与事就像千帆过尽，终想觅一处安静的地方，让心灵靠岸，忘记那些前尘旧事。只想寻一寂静雅致之所，远离喧闹尘世，借山而居，结庐栖身，有一院的花，满室的茶香，有书香墨韵，更有一个陪他甘苦与共、风雨不弃的人度过余生。

爱的离别

那年夏天，天气燥热，马上就要毕业放暑假了，清说有个朋友来看她，在球场上踢足球。和清跑到球场，看见几个男孩在踢足球，踢得最起劲的一个男孩，瘦瘦高高的，穿着黑色T恤和短裤，他的牙齿很白，笑起来的时候，唇角温柔的倾斜。他有干净的眼神，水一样干净而流动的眼神。这是我第一次见到朝晖，一个喜欢穿黑衬衫留短发的男孩。

清认识他，是在一次同学的生日聚会上。朝晖高我们一届，曾在我们本地厂子弟学校上学，然后考上了这所离省城特别近的大学。说起来，我们是从同一个地方出来的，只是朝晖不是我们本地人。那厂很大，人大都来自五湖四海。

这次路过是来看清的，清带我认识了朝晖。

我们三个走进学校旁的饭店，我笑，清也笑，清左手搂着我的脖子，右手挎着朝晖的肩膀。有时候，清快乐得似乎歇斯底里。我知道这样纵情之下隐藏着什么。清是个毫无预感的女子，所以她眼角下面有一点不明显的泪痣，但我能识别眼睛带一点点暗棕色的女子，她们是苔藓，黑暗给她们水分，生命甜美而脆弱。

毕业后没有多久我们再次聚在一起。

坐在餐桌，清忙着与服务员点菜，停下来后和身边的男孩谈笑风生。朝晖却一直默默地看着我说，清一直喜欢他，但他不需要靠近，他是为了我而来。很多的事情不需要预测，预测会带来犹豫。因为心里有恐惧。

"你看来好像从来不会恐惧。"他在昏暗的光线下看我。

"那是因为我知道有些事情在劫难逃。"

"在劫难逃？"

"是，打个比方，比如你遇见清、清遇见我，然后我遇到你。"我转头看朝晖。我的眼睛凝望着他。

朝晖的神情带着狼狈，他说："安欣，我没有想过要爱上你。"

我微笑。"我也没有。"我说。

"但是我知道什么叫在劫难逃！"他叹息道。

"遇到你是我的劫难。"朝晖说，"你是一个破碎的女子，安欣。你所有没有来得及付出的感情，会把你自己和别人淹没。因为太汹涌。"

我微笑道："可是你要娶我。"

他低下头，抬起脸的时候泪光闪动。

我微笑。在任何时候我难过或者快乐的时候，只剩下微笑。他拥抱我，我把脸紧紧地埋在他胸口。他的心跳强劲有力。他的气息温暖清晰。

他是那样的安静，我想到，我要一个安静的男人，想要他温暖的眼睛和温暖的手。可是这会多么的难以寻觅。你可以找到身份，找到目标，唯独温暖稀少。那些很多年前像花期一样的恋爱，那些人如今看来，其实都是一场不自知的旅行。

自己穿着洁白的布裙和朝晖去看电影，那条布裙缀着淡蓝色的花边，上边穿着白色带花边的短袖，看完电影，脱掉鞋子在青石板的河街上疯跑。自己一直都喜欢大风，喜欢呼啸的大风，自己迎风而上，听不到呼吸。那种窒息般的快感，注定了一种类似虚无的追逐方式。这是已经和结局在冥冥之中注定了。不停地行走，一边让美和时光从灵魂里唰唰掠过。好像在风里行走。明知一无所获，但心有豪情。

几年后的清，一直在追寻她的爱情。我从没有见过这么快乐的女人，笑起来满脸都是天真的小纹路。

因为她相信爱也许不是魅力问题，而是态度问题。一个喜欢谈恋爱的人，会比一个出色的人更容易获得机会吧。清就是这样一个危险分子，鲜活而激烈。

在失恋的过渡期，清哭泣着给我们打电话，半夜里述说她与那个男人如何相爱的事。在她的眼里，那是一份真爱。结果，那个男人还是轻易把她抛弃了。她一改从前的没心没肺的作态，在脆弱中她每天试图改变着自己，画着浓厚的妆容，穿搭以前从来没有穿搭过的风格，一见到我们就会趴在桌子上痛哭，朋友们都不得不忍耐着她的放纵。

在她准备离开这个伤心地的时候，那个男人居然在车站门口等着她。她一见他就想扑进他怀里。那男人一躲闪，直接替她拿起行李，说，即使分手了还是朋友，他也一时忘不了她，现在需要一个道别的仪式。她看着他消失在幽暗的地下通道的拐角处。

清来找我，她什么也不说，只是躺在床上蜷缩着身体，黑暗中有轻微的颤抖。我走过去，把手放在她的头发上。我说："清，离别有这么痛苦吗？如果我们一直在离别中，和爱的人，和伤害，甚至和时光……一切又有什么不同？"

清背着我，冷冷地说："我讨厌欺骗。"

没有想到"离别"对于我和朝晖来说，各自孤独着无法靠近，甚至未曾说声再见。

黑暗中听到风声和云层掠过城市的天空的声音。寂静无声，让我想起童年通过的楼道，一个年轻漂亮的女人穿着高跟鞋在寂静的夜里哒哒回归声，那么刺耳。我蹲在墙角捂着耳朵，渴望有一个温暖的怀抱。

朝晖出现了。穿着黑色衬衫的男人，平静地站在街边的阳光下，使你能感觉得到他内心的波涛暗涌。可以是激烈的，也可以是柔情的，无从捉摸的感觉充满诱惑。

他的气息和拥抱覆盖了我，我提着自己的鞋子，徒然地掉落在地上。

那是一双有白色丝带的麻编凉鞋。

我从来不穿高跟鞋。

朝晖每天陪着我。我坐在单车后面，陪着他骑着个破单车到处乱串，走遍这个城市的大街小巷。一段时间迷恋上写作，就会一个人静静地看书、写诗，甚至写上满篇的感想，那是我少年时的梦想。我就会告诉身边的人，我会写书，因为我要让别人知道我的疼痛。我们的疼痛。所有人的疼痛。他静静地看着她，然后微笑地说："只有我懂你。"

他还是没事的时候去他们厂里的篮球场，约上几个小伙伴踢一场足球，我就是他的观众，为他加油鼓劲。他就像我初次见到他的时候，一样干净帅气，青春飞扬。

想起他的气息和温暖的手覆盖着我的肌肤，寒冷的冬天他会伸出手来拥抱我，我让他把手插在大衣的腋下。"这里最暖和！"我说。他会俯下头对我微笑。黑色的短发。眉色干净，仿佛十六岁与之初恋的少年。这样相对，仿佛繁华错落。相看两不厌。心神荡漾。一模一样。

四辑　蜕　变 | 155

他带着我去他家里玩，温暖安静的男人，干净的房间，有一条小狗，有窗帘被大风吹起映满绿色树荫的露台。吃饭的时候，他带我去见他的父母，一对离异的夫妻，各自成家，生活在一个厂区。他父亲看见我，还给我封了一个大红包，是那种见公婆的回礼仪式，当时我吓得不敢接，朝晖的眼神一直是期待我去接，我懵懂地接下，然后又退给了他说，自己一直还没有想好跟着朝晖浪迹天涯。

因为我偷偷的恋爱从来没有和父母提过半句。因为父母想让她有一个像样的工作了，再谈婚论嫁。只有经济不独立或害怕孤独的女人和男人，才会想用婚姻去改变生活，获得安全。他们的女儿不能依靠一个男人而活，不能失去自我。

看着他穿着黑色外套的背影，微微窝起来的无限落寞的轮廓。这样的熟悉。

"今天我不再要你送我回家，我想一个人回去。"

他说："不行。"

我说："那我一会儿就会想办法逃脱。"

他说："你做不到，到哪里我都能把你抓回来。你可以试，但你逃不走，最后只能认命。"

也许在他眼里，我是一个以前他从未曾遇见的女子，这样的好，以后不会再碰得到。即使拥有其他的女人，那亦是另外的。

他说："是的，我很清楚，你也知道。"

"你很少会有机会遇见这样清楚分明的感情。你有痛吗，如果有，你是在爱。"

他说："我有。"

我独自一人，一下午在一个角落里，不知不觉地流下眼泪。泪水滚烫，根本止不住。从眼睛、指缝隙，从嘴唇边，静默，连续的，滚落下来。没有任何声响。

彼此之间，发生了许多的事情，有悲喜，有失落。很多的记忆因为埋葬，已经深不可测。

这种感情，现在看来，其实已经如同一场初恋。使我对男女的友情，一直保持着某种信仰。在它里面，没有性，没有好奇，也没有激素的作用，只是因为彼此共同的愿望而靠近。我们就像两个敏感的贫乏的孩子，彼此拥抱取暖。这样纯洁静好的陪伴。

九月来临了，朝晖带来了两本书，一本是《狄森金诗集》，一本是《普希金的诗》，还有两件白色的衬衫，一起要送给我。他告诉我，厂里准备搬迁到我们上学的那个城市，如果我愿意就带我一起走。我说："我还没有安定好自己的梦想，等我想好了，我去找你。"

他说："如果你想我走，我会离开。两年以后如果你还没有嫁人，我要娶你。"

分别意味着暂时离去还是永不复返？这次的分别在列车开动之后，他慢慢放下挥动的手臂。那种告别的手势溶解在列车掀起的一阵风中，溶解在夕阳落山的满天残霞中……

月台上，一个女子的影子又黑又长，孤零地伴随着她的落寞。

一年后的一天，他突然打电话来说，想结婚了，要放弃我们这段感情。

我们心平气和地交流一切话题，包括死亡。谈论死亡，仿佛谈论我们彼此最爱的一种食物类型，不矫作，不突兀。这样自然沉着。这亦属我们之间的确认。

"安欣,你看我们认识好多人,认识了又如何,还是会分离。"他说。

"但分离的人有些会永远留在我们的生命里,不会遗忘。"我坚定地说。

有很长一段时间,彼此失去了音讯。

然而有一天,我在梦里见到了朝晖,他很意外,他叫我安欣,神色黯然。他在梦里对我笑,陪我哭,走过我的五脏六腑,让我在不知不觉中陷入他的温柔。突然惊醒时,却发现这是一场梦,一场不属于自己的梦。眼泪都流到了心里,思念犹如夜色,浓稠得化不开,有一种不好的预感……

第二天我打了电话过去,接电话的却是他的弟弟,在哽咽的话语之中,告诉我朝晖死了,自杀而去。离开得悄无声息……

就在那句话的一瞬间,眼泪像潮水一样倾泻,睫毛膏被融化,涂抹在眼睛周围,一塌糊涂。我失控而狠狠地哭泣,发生在喧嚣的街道旁电话亭的角落里,一切被无声地淹没。我又听到自己的心脏在疼痛中发出的沉重的声音。仿佛看见朝晖张开手臂,在风中向她走来。

他离开了,虽然还爱着,但是这一别,即是永恒。

五辑 Wu Ji

筑梦湘楚

他通过自己的努力能给自己注入无限的活力,从他手上经过的木头不计其数,未经雕琢,木头还是木头,一经雕琢了,木头不再是木头;就像一个人,少不了几番风雨,几度春秋,该留下的留下,该摒弃的摒弃,留下的是雕琢一个个日子,精彩的是长长的岁月……

筑梦湘楚

"每个人都可以获得事业的成功，做任何事情贵在梦想，并且朝着梦想的方向坚持不懈，就会达到梦想的终点。"初见彭小明时，他说话带着一口纯正的三江口音，有着山里汉子的淳朴，娓娓而谈之后发现他有颗坚强的心和一双睿智的眼。

倚着时光的栏杆，撩开时间的长发，他回顾自己二十多年坎坎坷坷的追梦足迹，心底里顿时泛出了多少酸甜苦辣。

刻苦学艺　志在更强

彭小明是一个从大山里走出来的孩子。1975年，他出生在三江镇两江村。他12岁的时候父亲去世，家庭情况急转直下，挨了三年，勉强读了一年的高中，母亲负担不了高中学费，他不得不辍了学，那一年彭小明才15岁。成绩一直优异的他不能圆读书梦，他觉得自己的人生没有什么奔头儿，心里非常苦闷。而他母亲为了他以后生活不会困苦，坚持送他去学手艺。母亲让他拜本地一位手艺好的老木匠学艺，开始一年彭小明是很抵触的，总觉得没什么前途，自己上不了大学。但是贫穷告诉他，要走出困境有两条出路，一是读书；二是当兵。可这两样他一个都抓不住；直到有一天看见母亲为了生活压弯了腰的背影，还有那饱经

彭小明

沧桑的面容，他心里非常难受，一夜之间他长大懂事了许多。作为一个男人得有担起一个家的责任，不能让自己的母亲再受苦，让她以后有一个幸福安康的晚年。

　　于是他心里暗暗下定决心，既然上帝给他关了一扇门，一定会给他打开一扇窗。活在当下，把手艺学好，做木匠就做手艺最精湛的手艺人。他开启了人生自学模式，第一，锻炼好身体；第二，学会为人处世；第三，刻苦向师傅学习木匠技艺。

　　1993年，他终于出师了，第一笔业务就是给当地老百姓做木工活儿，他把活儿做出来后，获得当地老百姓很高的评价。

不甘平庸　自行创业

　　1997年，彭小明开始创业，在两江开家具店，得到了第一桶金，终于迎来了他人生中的第一缕阳光。为他后续的事业发展奠定了基础。当时古建筑属于爆冷门行业，但他知道以后会结合旅游产业的发展迟早会火起来。

　　于是他想到了自己文化水平低，没有上大学，要想与时俱进就得提高文化素养学会自己绘图。2002年，他开始学习电脑制图，对于一个从没接触过电脑的人来说，无疑是一个极大的挑战。没有老师，界面全是英文的情况下，对于很久没有学习的他来说无疑难于上青天。但是他不放弃，他用了几年时间，自己慢慢摸索，终于学会了一些电脑的基本软件以及CAD、3D等绘图应用软件，后进入溆浦学习室内装修与设计。

　　在不断学习创新中他打破了传统式收徒传艺的习俗，开始组建团队，于2007年成立了美苑装饰公司分公司，2008年成立了溆浦宝丽雅免漆装饰公司，在他的带领下一步一步成长了起来。

　　由于他的产品立足于中华民族优秀传统文化，他发掘运用传统工艺，提升设计与制作水平，更好地满足人民群众消费升级需要，恢复发展濒危的古建筑优秀工艺。2009年承包溆水山庄建设，并建了网站进行宣传，渐渐地有了一定的名气，找他做古建筑工程的人越来越多，他带领几十个当地工匠至贵州、浙江、江西等地修建农家乐、公园长廊、亭子、风雨桥、景观建筑等木质工程。

　　在全国各地施工的同时，他也学习全国各地的木结构技术，并在由此认识了全国各地的一些专家和高校的专业老师，正式开启了他的木结构设计和制作的新模式。从2009年至今，他修建庄园几十个、公园五个、民房两百多个、七层玲珑塔一座、风雨桥七座等风貌各异木质工程，他的设计巧夺天工，含有精湛的技艺，每一栋古建筑在他的雕琢下栩栩如生。

不断求索　筑梦湘楚

　　随着社会的发展，人们对古建筑需求越来越大。彭小明于2015年3月成立了溆浦湘楚木作古建工程有限公司，并于同月在北京参加世界旅游产品博览会，获得了一致好评，在朋友介绍下参加第五届民族建筑作品大赛获得二等奖，得到民族建筑研究会的认可，并加入了中国民族建筑研究会。

　　秉承"传承传统、追求卓越"的创业精神和面向社会、服务大众的经营理念。积聚二十几年来木作古建经验，特别是近十年来经过团队共同努力，打造出一批又一批独具中国传统民族文化特色的土家吊脚楼、侗乡鼓楼、侗乡风雨楼。别致典雅的亭、塔古建筑和具有民族文化特色等木构建筑，令人耳目一新，叹为观止。从他手中打造出来的古建筑具有历史传承和民族或地域特色。他孜孜不倦地自创一种吊脚楼新墙体，于2016年申报吊脚楼墙体专利并获得通过，他的作品弘扬精益求精的工匠精神，有助于促进增强传统街区和村落活力。

古建筑是我国古代建筑技术、艺术结晶，也是古代乃至近代政治经济、文化、社会活动的载体，作为一个文化传承的历史遗产，彭小明通过自己的努力把古建筑创造设计发挥到了极致，给自己的创意注入无限的活力，从他手上经过的木头不计其数，未经雕琢，木头还是木头，一经雕琢了，木头不再是木头；他设计出来的古建筑其布局错落有致，讲究建筑群体与大自然之间有效搭配，因地制宜。就像一个人，少不了几番风雨，几度春秋，该留下的留下，该摒弃的摒弃，留下的是雕琢一个个日子，精彩的是长长的岁月。

最后，彭小明告诉我，作为中国特色的木作建筑是每个湘楚木作人，孜孜以求的追求。企业产品的日臻完善更是湘楚木作人的诚信承诺。湘楚木工愿携手共同打造独具匠心的民族传统工艺建筑的亮丽风景，让传统建筑文化艺术这一瑰宝绽放更加璀璨的光华。

穿岩山蝶变

——穿岩山4A级景区蜕变侧记

穿岩山是一个极富哲理与思辨的地名。

穿是动词,是力量,是撞了南墙也不回头的勇气;岩山是名词,是峰峦,是耸峙在雪峰山与武陵山两大山脉之间的一幅水墨丹青。

七月的穿岩山村,烟岚云岫,溪河潺潺,与大自然的鬼斧神工融为一体。如果必须要有一个对比,穿岩山,曾经一个名不经传、贫穷落后的小山村,以文旅融合、特色产业发展、乡村振兴等发展作为契机,蜕变为穿岩山国家森林公园,成了旅游胜地!如今的穿岩山村白墙黛瓦、田垄相连、书屋幽静、景区产业兴旺,展现着山乡巨变的独特魅力。

十多年前,在溆浦县统溪河乡一座叫穿岩山的大山脊梁,有一栋农家小院,悠然地藏匿在绿树掩映的台地上,抬头就可见美轮美奂的星空,犹如桃源之境。这个地方,被陈黎明一眼相中,他掏出腰包,毫不犹豫地将其从村集体买下。曾经走出大山,当过兵、下过岗,自主创业当"猪倌",还把养猪场变成了上市公司的老兵陈黎明,年过半百,他卸任高管,重回大山,穿行溪流,踏访古寨,发展乡村旅游。他笑呵呵地说,我是大山的孩子,和大山有缘,买了这栋农家小院,就想要做一件事,让乡亲们吃上旅游饭!

梦的源头，都是从慢生活开始。青山和云雾喂养了穿岩山的一切，穿岩山山高林密，泉水甘甜，空气自由新鲜，变幻莫测的云海从大山绕过，长空唳鸣的山鹰展翅飞翔……这里的风景原始而具有冲击力，堪称"植物王国、天然氧吧"，被陈黎明视为一方风水宝地。每逢闲暇之时他都会来这里小住，连续十多个春节，他都在这里和乡亲们一起过年，其情浓浓，其乐融融。

常常以"山里人"自居的雪峰山文化研究会会长陈黎明，对这片大山有太多的眷恋，对大山百姓有太深的感情，对雪峰山地区的扶贫有太多的体会。

如何让山区的老百姓不离乡土，记住乡愁，还能过上幸福美好的生活，是他多年来一直和乡亲们探讨的问题。"保护好我们的环境，利用好生态资源，让青山绿水，变成金山银山，让城里人一同来享受大自然的恩赐，为我们良好的生态环境买单！"陈黎明用自己的实际行动诠释了这句话的含义。他组织穿岩山几个村的村民坐上大巴去周边的旅游区考察，让他们感受乡村旅游带给农民全新的致富生活。

"陈总呀，这个地方还没有我们穿岩山好看。"

"我们也要端一下旅游的饭碗。"

"陈总，带领我们发展生态种植、生态养殖，也去搞生态旅游吧，实现生态脱贫。"

一场看似漫不经心的旅游，使得村民们茅塞顿开、大开眼界。大家纷纷表示：山里的树不砍了，留下来当"聚宝盆"！溪谷要打扫的干净透彻，让驴友赴一场自然之约！

村民们的质朴和热情，让陈黎明的心里暖洋洋的。2013年春节，一项生态扶贫的计划在穿岩山的农家小院里出炉。该项计划的核心内容是把周围十乡百里的环境保护好、利用好，最终让老百姓受益。当年5月，经当地村民推荐，由在统溪河周边有影响力的农民企业家侯周禄挂帅，成立了"穿岩山国家森林公园申报筹备小组"。筹备小组7名成员，走村入户、翻山越岭、宣传发动。很快，穿岩山周边3个乡、100多个自然村、方圆30多平方公里纳入到了森林公园的范围。

同年秋，丹桂飘香的季节，陈黎明专程从湖南林科院请来了专家评审团。评审团经过五天的实地勘察和走访，所到之处无不啧啧称奇。最后给出了一致的评价："该森林公园的建设将成为全国森林公园网络体系建设的有益补充，可合理弥补湘西地区国家森林公园缺乏，加速湖南省乃至全国森林公园的建设步伐。"

雪峰山地区的老百姓自发组织报建国家级森林公园的决心和举动，引起了怀化市委市政府、溆浦县委县政府的高度重视和肯定。市长李晖做出了重要批示，县长李卫林亲自担任了领导小组组长。春节过后，陈黎明又带着他的计划奔赴北上广，拜会企业界、资本界的老朋友，朋友们对他生态保护、生态扶贫、绿色发展的思路产生了浓厚的兴趣。回家以后他更是满怀信心："我们完全可以用3个亿的资金，去撬动和引进30个亿的投资，发展穿岩山的生态旅游！"

2014年4月，湖南雪峰山生态文化旅游开发有限公司成立了！公司实控人陈黎明带着一批人，在这茫茫大山指点江山，悄声无息地干着大事情。某一个早晨生活在这儿的人们睁开眼睛，村子变成另一副模样：村内有了硬化路，不再是雨天一身泥！新修了一条直通枫香坪山顶的路！山顶上修建了古风古韵的枫香瑶寨，陈黎明的突发奇想得到落地，在大山深处的山顶上峰峦叠嶂中，镶嵌一湖翡翠般的枫香瑶池，宛如一幅山水交织的画卷。村民们居住的房子全部改造成古色古香的斜檐翘角古民居，散落在山间，犹如一副泼墨的山水画；在千里坪山顶上修建了千里古寨、福寿阁和龙凤观景台，还创意打造一个汽车营地，让游客们瞬间体会古今穿越之感；在村子下面的山涧旁修了一座浦安冲山庄，半山腰的一片古树翠竹的竹林里屹立着一栋栋木板房，名曰七贤居。沿七贤居右侧蜿蜒而上，是村民们经常看到的水潭瀑布，也被陈黎明打造成儿童乐园……

穷山僻壤的雁鹅界成为非遗古村落，让这个乡村再也不能沉寂下来了，游客纷至踏来。过去盼温饱，现在盼环保。从前荒山变青山，现在青山变金山。这里成了热门旅游景点，附近的村民和他们的孩子们在旅游公司就业，再也不用出远门，就在家门口上班。这里的村民已有了工资性收入，收入倍增，过上了殷实富足的好日子。

从天而降的云端滑道，挂在云端的山鬼玻璃桥、吊在奇松岭悬崖的龙凤玻璃观景台，让您体验腰系白云、松涛轰鸣，感受有惊无险漫步云端、光速穿越沟壑丛林，随风尖叫，快意凉爽至极，扎实体会一把做"云中仙人"的感觉。

星空云舍，海拔1200米，位于中国最壮阔梯田之上，是与太阳城堡紧紧相连的又一网红打卡民宿。雪峰山花瑶梯田以其优美的弧线而吸引游人的眼球。这里的文化底蕴深厚，生态资源良好，神奇的花瑶文化独具一格。这里云海日出，旭日夕照，清风徐来，空气清新，视野辽阔，风景迷人，成为享誉四面八方的避暑度假胜地，理想的客住乐园。

千里古寨、非遗古村、雁鹅界、蒲安山庄、茶马古道、红军路、山鬼玻璃桥、龙凤观景台、情人谷、枫香瑶寨等一系列风景区，串联在一起，点缀在穿岩山的茫茫林海中。欢歌笑语，游客如织，俨然一幅"良田美池、阡陌交通、鸡犬相闻"的世外桃源。

旅游扶贫不再是梦！在巍巍雪峰山的怀抱里——

一个具有浓郁湘西风情的"统溪河旅游靓镇"应运而生！

一条旅游专列长龙般地在穿岩山国家级森林公园的崇山峻岭间盘旋！

乡村是农民生活的重要载体，生活空间是乡村地域综合体的基本属性。在乡村大力发展旅游业减小农村与城镇差距。乡村景色优美，空气清新，对于发展旅游业本身就有着得天独厚的优势。沿途串联起众多景区景点的精品线路，实现一天一景、一景一新。

近年来，当地政府充分利用优秀传统文化资源优势，深入挖掘其丰厚内蕴，坚持以文塑旅，以旅彰文，推动文旅深度融合发展。湖南雪峰山生态文化旅游有限责任公司专注雪峰山文化旅游开发，"景区带村、景点带组、安排就业、扶植创业、资源入股、利益分红"的旅游扶贫做法，被命名为"雪峰山模式"向全省推广，并将雪峰山旅游列为湖南全域旅游五大板块之一，"锦绣潇湘，神韵雪峰"这文旅品牌逐渐唱响。

开发乡村生态资源、推动乡村生态资本形成与价值转换，是落实"绿水青山就是金山银山"理念的生动实践，能够在切实做好乡村生态环境保护的同时实现绿色发展，以生态资源赋能乡村生态发展新机遇。"文化先行"的雪峰山乡村旅游，在中华优秀传统文化的宏大叙事中快速发展，先后建成了穿岩山森林公园、统溪河休闲小镇、山背花瑶梯田、阳雀坡古村落、虎形山花瑶景区、借母溪森林康养度假区等跨越两市四县的核心景区，成功创建了2个AAAA级景区、2个AAA级景区和1

个国家级森林公园、2个国家级森林康养基地，成为与张家界遥相呼应的又一座文旅大山。

  站在高高的穿岩山上，岚风从四面八方吹拂而来，阳光把陈黎明的身影拉得斜长。映入他眼帘的是林如画，水如歌，还有乡亲们的笑脸。是呵，穿岩山，穿岩山是一座有故事的山，它美不胜收，魅力无限！

陈黎明的《辞海》情

一脸淳朴,满口乡音,真情实感,侃侃而谈。喜欢读书、读史、唱经典老歌,特别懂得感恩,喜欢与农民交朋友。他是商界奇才,还是文坛老兵,早年怀有"作家梦想"。改革开放之初,他正年青,19岁就发表第一篇小说《回春之力》,彰显出他敏锐的政治判断力和观察大势的前瞻性。他就是湖南雪峰山生态文化旅游有限责任公司实际掌控者陈黎明。

一

陈黎明原来是一家上市公司大康牧业的董事长,2013年退职返乡。

2014年他创建雪峰文化研究会,把周边有名气的文人墨客凝聚在一起,挖掘整理雪峰山文化。2017年陈黎明出任舒新城文化研究会顾问,对《辞海》第一版主编舒新城先生十分敬仰。

溆浦人杰地灵,出了不少名人,陈黎明对舒新城先生的认识,源于那本世界都在读的大书《辞海》。当他打开《辞海》,看到编撰人舒新城居然是同乡时,惊叹溆浦钟灵毓秀,文韵深厚,孕育出新城先生这样的大文豪,内心由衷地升起一种对新城先生的敬佩之情。

《辞海》是我国以字带词,集字典、语文词典和百科词典主要功能于一体的大型综合性辞书。所以编纂辞海的人,必须是多才多艺,既不守旧又能创新，博学多才，见闻广博。恰好新城先生是一位博览群书、博古通今的最佳人选。1936年他主编第一本《辞海》时，就提出"删旧增新"的方针，加入新式标点，出版时图文并茂。因此，1936版《辞海》是我国一部大型的权威的综合性工具书，具有极高的史料价值和收藏价值。

二

新城先生家乡刘家渡，美丽的山水，孕育出了他这位《辞海》编撰家、教育家、社会活动家。他还创造出好几个全国第一。他不断接触新事物，第一个会用摄像机拍照，并著有《摄影初步》。舒新城处在那个社会变更年代，他办学与传统的私塾、书院教育截然不同，是一位受过近代师范教育和教育科学熏陶的专业教育工作者，从知识的渊源与时序看，他已不是19世纪末那种洋务学堂的产儿，他发蒙于清末兴学堂、废科举之际，成型于五四新文化教育变革中。他或多或少地承受过私塾、书院等旧式教育，因而他对传统教育较之他们之后的纯学堂出身者，又多了几分感性上的认识乃至情感上的联系。于是，新旧教育在他这里既断裂又相通，铸成了他从对新、旧教育切身感受中的教育理想与追求。而他倡行道尔顿制、系统进行近代中国教育史研究，则有破土之功。

第一版《辞海》的编撰需要改革以前的老白话文，注入新的词条，定位于"守正出新"，就是要严格遵循辞书编纂规律，确保编纂质量，所以上海辞书出版社老板陆费逵先生看中了舒新城先生的新思想和出类拔萃的才华，曾先后七次邀舒新城先生出山编纂《辞海》，终于请出了他担任《辞海》主编。

辞海广场

三

2017年舒新城故居与辞海广场竣工完成，由溆浦县委宣传部、上海辞书出版社共同主办的"辞海精神与文化自信——贯彻党的十九大精神溆浦座谈会"隆重举行。座谈会上，出版人、文化学者与舒新城的亲属共同追忆舒新城先生。

研讨会上，陈黎明提到《辞海》精神时说："新城先生打造传世精品《辞海》，表现出来的一丝不苟、字斟句酌、作风严谨的精神，影响激励了几代人。"

座谈会上，他与一直仰慕舒新城先生的家人相见，邀请新城先生的家人与上海辞书出版社的贵宾一起去穿岩山观光，让他们感受家乡的美景和美食。招待会上，陈黎明说："我做旅游，就是用文化搭台、经济唱戏，实现城市与乡村、传统与时尚互相融合、完美互补，雪峰山乡村旅游就一定能够走向全国，走向世界。"说完他端起土钵碗，斟上一碗酒唱起了迎宾歌:"喝酒要喝竹叶青呀甜甜啰甜,连郎要连好良心呀……"他的歌声非常有磁性有感染力,让客人们深切感受到主人的热情好客。

　　说起家乡,舒泽池先生说这是他七十多年来第一次回家乡,想去祭拜一下老祖宗。陈黎明听说后,满口答应支持他回乡祭祖,并策划上堂猪羊祭,宴请刘家渡的父老乡亲一起来祭拜舒新城先生的祖宗,使舒新城先生的家人们感动得热泪盈眶。

　　陈黎明大量阅读有关舒新城的书籍,让他感受到了一个人的文化在历史的长河中,不断地在自我更新并复制传承。文化是时间的产物,是连接不同时代、不同身份、不同思想的人们的纽带。文化是丰富的,不同的人寄予它不同的情感;文化是同一的,不同的人都能感受到文化的内涵。

　　只要外来的文化人来溆浦旅游,陈黎明就带他们参观舒新城故居和长乐坊辞海广场。雪峰山旅游景区的藏经阁是一个品茶、读书、品文化的宁馨之地,里里一万多册珍贵的图书中就收藏了舒新城先生的一套35本日记。他还去北京的中华书局,出资印刷了几千册《中华书局收藏现代名人书信手迹》珍藏本。书里面收有舒新城先生与二百多位文化名人的书信,陈黎明把它作为珍贵礼品赠予来雪峰山旅游考察的文化人。

　　为了保存一些舒新城的资料,陈黎明让我们把舒新城的《故乡》一书重新整理编辑,他出资再版,让更多的人了解舒新城的故乡风物和家国情怀。

　　因为疫情,这三年来,一些在外的游子清明时节不能回家祭祖,陈黎明发起并与溆浦文史工作者到舒新城故乡刘家渡,去祭拜新城先生父母祖宗,希望故乡文脉绵长,人才辈出。

用春风煮出的文字《诗经》

诸子百家楚辞汉赋唐诗宋词元曲明清小说，这些都是灿烂的篇章和飞扬的文采。作为中国人，古典和国学是我们的精神财富，可以诵读经典，聆听圣贤的教诲。而《诗经》是用最精粹唯美的语言，替众生说出种种感受，犹如穿越了时空的隧道，把世界最美的事物记录下来传承文明，是我国的一部最早的诗歌总集。

《诗经》是中国古代诗歌集成的开端，收集了西周初年至春秋中叶（前11世纪至前6世纪）的诗歌，共311篇。《诗经》之美如清泉，绵远流长，汲之不尽。

打开《诗经》，触目皆是花开，处处皆闻花香。时常感叹，幸亏自己是中国人，能在汉字里感受《诗经》中的春夏秋冬，你不知道"天涯"有多远，"断肠"是一种怎样的思念。你体会不到有一种"愁"。你体会不到一种"喜"，可以"漫卷诗书喜欲狂"。你体会不到有一种悲，叫作"十年生死两茫茫"。用爱去体会一种相思。彼采萧兮，一日不见，如三秋兮。采蒿的姑娘，一天不见，犹如三季那么长。青青子衿，悠悠我心。是女子思念未能赴约的恋人而心生惆怅。诗经中的《诗经·邶风·击鼓》描述一对恋人对爱情的坚贞不渝，死生契阔，与子成说。执子之手与子偕老。是一对恋人生死都与你在一起，和你一起立下誓言。

牵着你的手,和你白头偕老。那意境美到骨子里,句句触动人心。

《诗经》中的《邶风·静女》——候人之趣,只等君来,无论是爱人、情人,还是友人,等而不来,候而不至,难免惆怅。静女其姝,俟我于城隅。爱而不见,搔首踟蹰。静女其娈,贻我彤管。彤管有炜,说怿女美。自牧归荑,洵美且异。匪女之为美,美人之贻。这首《邶风》中著名的《静女》一诗,以男子的口吻来写男女约会,男子的等待。城隅之下,男子心急如火地前来赴约,等了好久却没见心爱的人到来,于是徘徊踟蹰。因为有盼望女子出现的喜悦,他的内心也没有一丝责备。

到了第二节女主人公终于出场了,手里还拿着象征爱情的彤管,颜色也非常鲜亮,让男子一见就很喜欢,满口称赞。接下来,女子解释迟到的理由,原来她刚才是去牧场采摘那些初生的茅草了,荑,这象征着纯洁爱情的茅草啊,你的美丽不单单是因为你真的很美,更是因为这是她送给我的缘故啊。字里行间,男子的满心喜悦溢于言表。候人到来,相遇如神妙的花开,流动着花的神韵,这是写男子的等待。

《诗经》中也描写了一位女子的等待,《郑风·山有扶苏》写女子的等待。山有扶苏,隰有荷华。不见子都,乃见狂且。山有乔松,隰有游龙。不见子充,乃见狡童。

子都、子充都是当时的美男子,被人引为偶像。这位女子的心婉转纠结,也没有《静女》中那个痴心的男子那样的好脾气,别想着送给她一根茅草就能把她打发掉。在见到男子开口之前,女子先顾左右而言他:山上有茂盛的扶苏,池里有美艳的荷花;山上有挺拔的青松,池里有丛生的水荭。扶苏、荷花、青松、水荭,从山上到水里,这些或挺拔或伟岸或高洁或美丽的景物都被她说了个遍,然而都不是用在眼前这个迟到了的男子身上的。

怎么能形容到你身上？你只是个小狂徒！你只是个狡猾多诈的小子！你走，走，别在我眼前碍事，我要等的是子都、子充那样的美男子！她的这位恋人的相貌可能真的很像子都、子充，但是她偏反着说，不满、怨愤、嗔怪和责备。一切缘于让她等久了！女子的等待和男子的等待后果是多么的不同！

脸上的表情一嗔、一喜、一笑、一怒、一娇羞、一伤感、一爱恋、一幽怨，都是凡尘女子的表情，有烟火气，有人情味。

《诗经》中最有生活气息的就是《郑风·女曰鸡鸣》——偷得浮生半日闲。女曰鸡鸣，士曰昧旦。子兴视夜，明星有烂。将翱将翔，弋凫与雁。弋言加之，与子宜之。宜言饮酒，与子偕老。琴瑟在御，莫不静好。知子之来之，杂佩以赠之。知子之顺之，杂佩以问之。知子之好之，杂佩以报之。

女人说，鸡叫了起床吧。男人懒得动说，天还没亮呢，不信你看满天星星呢。女人说，不行，你赶紧起来，宿巢的鸟雀快要飞了，你去打点儿猎。丈夫听从妻子，从温暖的被窝里钻出来迎着晨光整装待发时，妻子却又不忍心，于是又说，你打回猎物来我一定好好做给你吃，并与你把酒举案白头到老，你弹琴我鼓瑟咱们安静和美过生活。男人一听非常激动，慌忙解下身上的佩饰说，我知道你体贴我，温顺我，爱恋我，我把这玉佩宝贝送给你。

这是《诗经·郑风》中，我最喜欢的一首，妻子有点唠叨，丈夫有点贪睡，应和之间，温情毕现，活色生香。翻遍整本《诗经》，"静好"这个词最美，也最让我们现代人羞愧。羞愧到如果可以，我愿意是《女曰鸡鸣》中的那个女子，无怨无悔。我们现在的生活水平提高了，文明进步了。只是我们的心情没那么好了，没那么舒心了，少的那些静好与恬淡，似乎正是现代人所缺少的一份自然。现代人讲究潇洒，但其实并没有古人那般自然。风来顺风，水来顺水，一切都是随缘而安。和古代相比，现代社会有许多优越的地方，比如，便捷的交通工具，即时的通信设备，全自动化的生活。所以，学者南帆说，现代生活似乎只剩下了一个字：快！当"时间就是效率，时间就是金钱"这样的口号越来越响亮的时候，没有人会反省"快"到底有什么不好。乘坐几个小时的飞机，你就可以逛遍祖国大江南北，十分钟的缆车就可以登上泰山的南天门，电脑敲下几个字就可以省去研习书法的冗长岁月，连爱情也讲求快餐，只要能获得片刻的欢愉，便可以不惜一切闪婚闪离。在人们的错觉中，似乎这样的生活更加五光十色，比起古人来，现代人似乎多活了几辈子。但，这也许是一个错觉。古人骑一头毛驴旅游，优哉悠哉地走走停停，看天看云看山，看生活也看自己。他们行走在广阔的时空里，观察莺飞草长，欣赏土肥水美，他们把自己的心灵静静地铺在生活的土地上，细腻的感受犹如种子落地，花开无声，但却深深地扎根在他们的心里。哪里有高山、盆地，哪里有湖泊、山林，他们都知道。而现代人的旅游，只是目的地的极速转移；匆匆一瞥，脑海中留下的不是一幅饱满的山水画，而是一张绘满了旅游景点的地图。这是古代生活和现代生活的根本区别。

可就是在这文字有限的《诗经》中，是每一场春雨过后的清晨，是每一次驿站古道的启程，是每一段重逢的喜悦与离别的酸楚。

他们慢慢地丰富生活，也细细地咀嚼人生，不但记录了无限的先秦风光，还为后代提供了无穷的创作滋养。而现代式写作，大多像是把文字泡在水里，让它膨胀、发酵，将贫瘠、短小、无聊的故事拉长、熨平。于是，当人们读现代的故事时，总会感到心灵的枯竭，因为蒸发了水分的文字就再也掂不起任何的分量。所以，寒来暑往，春夏秋冬，多么希望我们现代人也可以偷得浮生半日闲，去看看田野阡陌上随处而发的野草野花，纯净美丽，自然脱俗，去更加接近自然的生活。相信无论观山、看海，还是爱人之间一次平常的对话，都能在我们的心里投下细腻的感受，岂不美哉？这就是我最爱《女曰鸡鸣》的原因。

这世上再也没有像《诗经》一样穿越灵魂幽幽而来，读懂它能变幻出如此多的美丽，蕴含着如此深的情愫。一场遥远的张望，只愿君心似我心。《诗经》中的爱情诗，有美一人，清扬婉兮。邂逅，适我愿兮。《诗经·郑风·野有蔓草》说的是在郊野蔓草青青，缀满露珠晶莹的早上，有位美丽的姑娘，眉目流盼传情，令一位男子一见倾心。就像一个边城，那里的故事，那里的人物，仿佛都是不沾烟火、不惹风尘的，遗世而独立。美得像春风一样让人心灵上明媚的如花开，蔓延成春天里的暖。从《诗经》中感受到走进春天让春风盈怀。

读向晓金散文诗集《春天的微笑》有感

读完向晓金老师的散文诗集《春天的微笑》，从她的文字里仿佛看到一幅春天里蕴含着诗情画意又能聆听鸟语花香的唯美画，她能折叠在四季里看："漫步于林中小路，看小桥流水，闻幽幽花香，聆听秋风在枫林中呢喃，仿佛日子也绽放成了枫红，满怀嫣然与馨香。"她用心去感受，用文字书写着春天里的枝繁叶茂与人文情怀。

从她优美的散文诗里把春天开成景，把爱落成诗，读第一辑《倾听温暖》写对亲情、对友情的散文诗都是别具一格的，《爱如花，绵绵不绝地开》……用绵软的文字把父爱绵绵不断地展开："一幅幅有父亲的画卷总在他女儿的记忆里不停地翻放：父亲干活累得疲倦不堪，即使夜深人静，他还在专研医学和易经，他说只有这样，才能更好地为村里的父老乡亲服务，为家人的幸福生活护航……这些永不发霉的记忆，教

《春天的微笑》封面

她自新，催她奋进。爱，如花。花，继续在开，爱，绵绵不绝。"让人心灵上明媚的如花开蔓延成春天里的暖。

第二辑《陌上花开》是纵情于山水间对生活无限热爱，让人陶醉在美好与感动中，妙笔生花，洋洋洒洒芬芳在生命中每一个烟火红尘里。

第三辑《禅是一枝花》写道："春光潋滟，思绪清风，展一纸素念，画一幅美好。怀揣禅心，播种善良，万物皆禅，禅是灯，是路；是天，是地；禅是爱，禅是美。"她文字的空灵，让人悟出禅意，能超然物外，自得一方净土。

在向晓金老师的散文诗里，展现出来的爱是如此的动人，总是惊艳了岁月。

向晓金老师一直以来都是我最敬重的老师，她为人善良，性情中人，特别有大爱情怀，喜欢帮助别人。她推广全民阅读，在湖南读书会与会长张立云先生携手做公益，把我们这些喜欢文字的人聚集起来，走进读书会奉献爱心。她把自己的精力全部投入读书会，尽心尽力，付出的最多，把自己的作品捐献给湘西山区的孩子们，让孩子们有一份心灵鸡汤，让他们读好书，做好人。

她说她喜欢写作，热爱文字给她带来精神上的慰藉，在文字里与春天相遇，与美好拥抱。她被誉为"春天般的诗人"。

近年来，她硕果累累，诗集出了一本又一本。她把诗与远方融入生活中细落成一朵芬芳四溢的花。她是生活中自带光的人，她既照亮了别人，又温暖了自己，赠人玫瑰，手留余香，从她的身上感受到走进春天让春风盈怀。

青山埋忠骨，寒光照铁衣

——观《长津湖》影片有感

如果有人跟你说，他要在零下40℃的夜里，不穿保暖服去打一场遥不可及的战役。

如果有人跟你说，他要在皑皑白雪的9天里，靠一颗冻硬的黑土豆活下去。

如果有人跟你说，他这一去，要拿着手枪去打大炮，很可能将一去不回，但是他义无反顾地走了。

现在的你，相信他所说的一切吗？

也许记忆有长短，但是历史会铭记，也许人生有短暂，但是历史会书写，在70年后的今天，《长津湖》影片会告诉你历史的真相与沉重。

这部影片讲述的是发生于1950年11月27日至12月24日期间，在朝鲜长津湖地区发生的"长津湖战役"。此战，第三野战军第9兵团（下第辖20、26、27军）出兵朝鲜。我英勇无畏的志愿军战士，在冰天雪地里，克服了极端天气的困难，沉重打击了美军的嚣张气焰，全歼了美军精锐的"北极熊团"，将美军彻底赶到了三八线以南，一举奠定了东北亚之后的格局。

剧情以伍千里送大哥伍百里的骨灰作为开头，后来弟弟伍万里也偷偷地瞒着父母，跟随哥哥伍千里去参军当了第9连的一名战士，义无反顾地奔赴战场。因美军装备比我们的装备先进得多，有飞机、坦克、迫击炮，而志愿军装备差，缺衣少食，战士们身着单薄的棉衣，为了节约口粮，一个人分三个土豆，在长津湖崎岖的山路中分吃土豆，由于土豆被冻得僵硬，伍万里的牙齿被磕掉了一颗，要放在胳肢窝焐热了才能吃。白天行军敌机在空中飞行轰炸，我们的目标暴露在敌机的枪口上，一个19岁的志愿军就这样献出了年轻的生命。还有敌人把目标弹击中了我们的营地，来自沂蒙山老战士雷公在烈烈焰火中用双手把目标弹放入车里，冒着炮火呼啸着开出营地，被敌炮击中，人被车子压在下面，被战友们拖出车外时只剩上半截儿血肉之躯，他在奄奄一息中轻轻地告诉战友他很痛很痛，在战友们的悲愤中慢慢地闭上了双眼。还有第20军第58师第172团第1营第3连连长杨根思，在敌人发起了第9次进攻，战斗到只剩下他最后一个人，已经负伤的杨根思义无反顾地抱着一捆10公斤的炸药包，跳出战壕冲入敌阵与十几个敌人同归于尽。随后一声巨响，一片硝烟冲天而起……

这场战役不但惨烈而且悲壮，那场景非常令人震撼。战士们用血染战旗，用忠魂铸就丰碑。这种大无畏的精神，感染着我们。在谈子为与伍万里的对白中："没有打不死的英雄，只有军人的荣耀。这一仗不打，下一代也会打。为了子孙后代必须打！"一幕幕让我们看得泪流满面。

第9兵团的10万战士长津湖战役中英勇顽强，扭转了战场态势。这次战役收复了三八线以北的东部广大地区，是扭转局势的关键一战，而中国人民志愿军也付出了巨大的牺牲，在零下30多摄氏度的极端天气中，很多指战员是以端着枪的姿势被冻僵的，体现了志愿军战士服从命令、视死如归、冻成冰雕也不退缩的革命精神。

　　心情非常沉重地看完了这部电影，这和平年代的幸福生活，都是先辈们用鲜血换来的。"抗美援朝，保家卫国。"每一个字里含着千千万万个生命负重前行。

考察桥江严如熤故居

为了考察严如熤故居，笔者经常和恩师禹经安先生去拜访严家大院的老人。严家大院现在遗留下来的明末清初的围墙，有斜檐翘角的老房子，在后院的小径旁一栋古色古香的私塾，高大的门楣上"清白道学"用青花瓷粘贴上去的字样，给人感觉不一样的闲情逸致。旁边是一棵高大的栎树，踏上红岩石阶梯，推开吱吱呀呀的老木门，里面杂草丛生，古老的窗棂与雕梁画栋的老屋透出了过去的精致与繁华，虽然经过岁月的洗礼到处都是破败的痕迹，但也遮挡不住这里钟灵毓秀、人杰地灵的好风水，这里的老地名叫章池，"章"与过去的读书人舞文弄墨写文章有关；"池"，过去考上功名的状元、榜眼、探花，中三鼎甲可在家门口修一洗砚池。证明读书写字多，可在池中洗砚笔。所以，在章池村中流传一段民谣："左儿弯，右儿弯，二龙抢宝在黄潭。前有铁牛潜水，后有紫荆名山，章池严家出大官。"在章池严家出了官至知府的严如熤，儿子严正基官至布政使，所以在民谣中传颂至今。

走过一段古老的小巷，绕过一方小天井，遇见一位老婆婆，她住在严家大院旁边的木屋里，她告诉我们，她是严如熤大房第六代孙媳妇，还是向警予创办的女校的第22班的女学生，从她的双眼里有一种知性女性睿智的光芒，她叫向淑容，出生于1925年，有90多岁的高龄了，她把我们引进她的住房里，从一本书的扉页中拿出了身份证给我们看，说明了她在这座房子里经历了多少蹉跎岁月。她说以前的严家大院如果恢复起来比北方的乔家大院还要大得多。据清道光二十三年（1843）《章池严氏族谱》绘制的"章池严氏住宅图"中，就有高墙古宅三十多栋。在村的东边，还建有纪念严如熤的"大夫祠"，此祠是按一至三品官等级修建的。原祠堂大厅上，悬挂有陶澍、魏源、左宗棠、贺长龄、曾国藩等大吏名相所赠送的匾额、楹联三十余方。祠内墙面还嵌有两江总督陶澍所撰写的《炳文方伯公墓志铭》、大学士汤金钊的《炳文方伯公神道碑》、甘肃布政史严烺的《两节母传》碑，吏部尚书那彦成的《李太恭人墓表》、贵州巡抚贺长龄的《张太夫人墓志铭》等三十五块石刻碑记。这些资料虽然从族谱中可以查找到蛛丝马迹，也从陶澍写的墓志铭中可见。虽然章池村的老房子大大小小也有几十栋，沿着河堤边进来都是用红岩石、青石板铺成的阶梯与天井，老房子都是层层叠叠，错落有致，屋檐飞翘，雕梁画栋。在通风、采光、排水、防火方面都独具匠心。木雕石刻精致素雅、栩栩如生。向婆婆还回忆起这栋清白道学的房子，以前是让家族弟子读书的地方，严氏子孙把严如熤留下来的木刻印刷原版《洋防辑要》《苗防备览》《三省边防备览》"三防"印刷木刻字版本，全收藏在清白道学的二楼，后来在中华民国时期被征用为存放粮食的仓库，在一个大雪纷飞的冬天，仓库保管员李飞把印版拿来烧火取暖。当时向淑容觉得祖宗留下的东西必定有珍藏的价值，不能让他毁了，不允许他这样烧了，就上前去阻拦，结果那人威胁恐吓她，再阻拦就送她进班房。劝告无效的情况下，眼睁睁看着满满一仓库的书稿木刻版本化为灰烬，让严公遗留下来二百多年的心血毁于一旦。

从严如煜的一生的行迹与著作中,我们不仅看到一个将所学与实际需要的紧密结合的"经世致用"奇才,他倾其一生,都在致力于寻求安民治邦的实效。他既是一位饱学儒士,又是一名干才能吏。正是严如煜的一生立功、立德、立言三业齐美,《清史稿》《清朝五百名人传》中才为其著传留名。

茶马古道蹄声远

初夏新绿的五月。清晨,我们和湖南师大高欢欢教授等一行七人,驱车从溆浦县城出发去参加雪峰山文化研究会举办的"徒步茶马古道,感怀先贤足迹"的采风活动。行驶至龙潭就进入了高海拔区,从大华到龙庄湾的一带路上,沿着盘山公路蜿蜒而上,高山出奇景,如同行走在水彩画卷中,群峦云缭,叠翠喷绿,云岫缦纱,云卷雾涌,霏雨细蒙,烟波浩渺……江山竟如此多娇,感觉身体内已被洗尘,格外清爽,心与灵和大自然交融在一起了;一行人再也抵挡不住美景的诱惑,大家都下车赏景,"烟雨登峰览群秀,披展云裳舞翩跹",拍摄下这绝美的瞬间,留下了天堂般的记忆。

山脚下,三两处老旧的木屋人家,炊烟冉冉升起,上空飘起淡淡的一层炊烟云,如银练玉带镶嵌在青翠的楠竹林上空……尽管美景如画却来不及欣赏,匆匆抄近路经小沙江赶到集合地——魏源故居。

魏源故居仰观《海国图志》

魏源(1794—1857),字默深、汉士,名远达,号良图。出生于湖南邵阳隆回县,清道光二年(1822)举人,道光二十五年(1845)进士,官任高邮知州,晚年辞官归乡,潜心佛学研究。他是杰出的清代启蒙思想家、政治家、文学家，近代中国"睁眼看世界"的先行者之一。魏源的一生主张论学应以"经世致用"为宗旨，提倡"变古愈尽，便民愈甚"的变法主张，倡导学习西方先进科学技术，"师夷之长技以制夷"。1842年著就鸿篇巨制《海国图志》五十卷，后又费十二年之力，至1852年增补至一百卷而流芳百世，遗憾的是没有引起朝廷的重视，却阴差阳错使日本国得到了《海国图志》，他们如获至宝，加以研究利用，反过来，又祸害中国，真是莫大的讽刺。

魏源故居始建于清乾隆初年，是其祖父孝立公遗留下的产业，位于隆回县司门前镇学堂湾村沙洲之上，房子古朴典雅，黛瓦青墙。四周是用黄泥巴砌上去的土墙，爬墙藤绿叶衬映着土墙的古气。跨入院门，正中的堂屋为讲堂，两边为书房，卧室内有雕刻精美图案的古床、太师椅。二楼为书房，里面放置有桌椅板凳为后辈读书所用，左右两侧有休息室。古人修筑庭院，种植花木，设置阁亭，假山荷池，置景观于庭院之中，有情有调，足不出户，居室赏景，对陶冶情操，修身养性都起到了良好的作用。魏源在这样雅致的环境中度过了他的童年和少年，成为令后人无比敬仰，名载史册的杰出伟人。感恩前辈先贤留给我们中华民族宝贵的财富。

茶马古道寻觅先贤足迹

下午，我们开车一路赶往烂泥湾满天星瑶寨，这里海拔有1200多米，瑶民和溆浦七姓花瑶同源，年轻人基本上汉化了，只有逢年过节才穿着本民族服装，上年纪的瑶民依旧穿着瑶服。大山里的气候不比平原，说变就变，此时天空下着蒙蒙细雨，气温骤降，凉意袭人，夏天的单薄的衣衫不胜寒意，我们最洒脱的著名诗人柴棚把绣花裙子当衣裳，套在身上穿，颇具民族风情，随意的着装搭配也怪好看的；天公不作美，徒步行改成了坐车行。当车子行驶到一脚踏三县的地方，徒步沿着茶马古道前行不远，便有一座破旧不堪的古驿凉亭，残垣断壁，陈砖碎瓦散落一地，给人一种经世悠久的沧桑感，风雨中似乎依稀能听到马蹄声在山谷间回荡；茶马古道上的茶亭，正是当年南来北往的客商必经要道，有常年驻亭人为过往路人提供免费凉茶，也是歇脚打尖喂马的地方，名曰德懿亭。旧时在雪峰山不论哪条古道上，每隔十五、二十里地就建一座凉亭供路人遮风躲雨、歇脚喂马。这里毗邻溆浦、隆回、新化三县，是真正的"一脚踏三县"之地，曾是繁华的交通主路，四海通衢。方圆十里，如登天峰，连绵的群山全都拜在脚下，有一种君临天下的快意感。山风悠凉徐徐吹拂，掀起内心一阵阵莫名的惆怅和一缕缕远古追思，大有"今时明月照古人"的伤感！

听带队的向导说，下面就是茶马古道中险峻陡峭连老鹰都飞不过的老鹰坡，委实让人不禁咋舌！

有南北贸易的物资流通，才有茶马古道。茶马交易从隋唐始，至中华民国止，其漫长岁月里，商人靠马帮运输物资，以南方茶叶换回北方的毛皮，用双脚和马蹄踏出了一条条崎岖绵延的茶马古道。

老营坡上遥想炮火硝烟

老营坡（隘），属溆浦管辖地，县治东南一百一十里，即老牛坡，又名老鹰坡，在顿家山。今属沿溪乡雷打洞村。与新化、隆回接界。昔人曾建炮台、边卡哨房于此。《溆浦县志》中载："老营坡卡房，坡顶炮台一座，下数里至山腰黄泥坎有卡房一所，俱清.咸丰五年（1855）辰州太守刘位坦，邑陆传应设。"由黄土坎至山顶二十里，从隆回烂草田至坡脚约五里，至绝顶十里。群峰插天，石磴千级，行者顶踵相接。行走淹没在荒野茅草丛的茶马古道，追思古人身影，脑海里一队马帮在马蹄嘚嘚声中朝我走来，赶马汉子吊着嗓子吼唱着马帮号子在山谷中回响，渐渐模糊的身影消失在山际间拐弯的时空里。"古道西风瘦马，夕阳西下，断肠人在天涯"，元代诗人马致远描绘出的羁旅之苦融进这茶马道。

游赏自然景观的那份悠闲自得写在了脸上，古道拾遗却有那种心绪凝重神色肃穆于怀的表情。领悟到了"诗词多忧伤，思古徒伤悲"的心境。

山风猎猎，浩浩荡荡百余行人是古道久违了的热闹，惊醒了沉睡在青石板路上古灵的惺觑；冥冥中似乎看到白发苍苍的老娘，伫立在风中青石板高岭上，翘首盼望郎回家的身影；看到了急匆匆赶路的汉子思家情切的一捧乡愁，在青石板上跌碎了。沧桑的茶马，伤感的古道，我想用春夏秋冬四季的脚步去丈量蜿蜒曲折伸向远方的里程。

想起一首老歌《送别》，献给茶马古道曾经过往的古人："长亭外，古道边，芳草碧连天。晚风拂柳笛声残，夕阳山外山。天之涯，海之角，知交半零落……"唱不尽岁月流沛的作别，拂不去吊古怀今的惆怅。走过前山拐弯角，眼前屹立一块形似老鹰做展翅状的大石头，像一只匍匐于地，抖擞着翅膀跃跃欲飞的雄鹰，十分碍眼的是老鹰的脑袋上长了棵树，把鹰的展翅给遮挡了，颇有一点儿遗憾！但还是尊重大自然的摆布，不去砍伐那棵树，一行人在老鹰坡边拍摄下了英姿的身影，定格那段时光的记忆。

这条古道走过凡夫俗子,也路过人杰豪雄。清道光十七年(1837)八月,湖广总督、禁烟英雄林则徐视察湘西防务时就曾走过这条茶马古道,无独有偶,著名《辞海》编纂家舒新城先生从上海回乡探亲时,曾也经过这条茶马古道。在《故乡》一书中描绘老鹰坡山路奇险,"一上一下共有五十里。因为要避'草野同志'的纠缠,所以中途均不停留,一直行五十里至槐树冲午餐始行休息。——上坡之十五里路峭峻异常,下坡三十五里中也有十五里是很险的。照例不能坐轿的。此外还有地方得步行。"老鹰坡过去被行人唤作摔马坡,山路陡峭难,人马行走在险道上稍不留神易摔下坡去。这也是土匪经常关羊打劫的地方。雪峰山古道的凶险,山外的人是难以知晓的。

第二天,大早起来游满天星瑶寨风景区的情人谷,或许是这个名字,让人泛起一片情心荡漾的涟漪。一夜细雨润无声,旷野草木油绿绿的,一派怡情清新的世界。情人谷,一溪涓涓流水在岩石错落中发出潺潺声响,在青石缝隙里挤出一兜水冠木,树叶葱绿,被溪水滋润得青翠欲滴,煞是好看。穿过溪岸,拾级而上,又拉着绳索攀爬登上了峭崖,站在上头双手合作喇叭状,吊开嗓门大声地"吆嗬嗬",空谷回音重声,抒发了心中的郁积,充满了野性的情趣;特色的奇峰怪石与青苔碧草、红花绿叶的植物相映成景,让人流连忘返。"无限风光在险峰"眼前高耸的悬崖绝壁上几条大瀑布,玉珠银花临空飞溅,大有一泻千里的气势。瀑布冲激出的一幕弥漫的大水雾,一弯五色彩虹若隐若现在水汽云雾中,缤纷绚丽。情人谷奇特的地理结构令人啧啧称奇,曲径通幽,奇花异草葱郁茂盛,野花烂漫的芳香,迎风扑鼻,直袭心扉,红的,黄的，蓝的，白的，朵朵簇拥点缀在芳草丛中，真想穿起压在箱底的婚纱，携着我的爱人沉浸在这浪漫满谷的世界里，拍摄几组幸福影像抚慰今世的爱恋。

游过了情人谷又去到善因亭，这曾经的茶马驿站，建于明朝万历年间，属砖木混合结构，墙外的门楣上用石板雕刻"善因亭"三字。顾名思义，就是佛门中常说的"广积善因"之意，为过往的行人商客施予厚德善因。善因亭见证了历史的风风雨雨，往事随风，如今善因亭外墙从底部叉裂至屋顶，给人一种摇摇欲坠，随时垮塌的感觉！遍地碎瓦断垣，已不复当年的车水马龙、安息劳顿的驿站茶亭了。岁月变换也使得善因亭落入苍苍暮暮、形将化尘埃了。无论是德懿亭还是善因亭，它们一样随岁月苍凉老去，过往的繁华已是烟消云散，随同茶马古道的马蹄声成了一去不复返的历史。

吃过早餐，从满天星瑶寨出发，途经顿家黄土坎花瑶古寨，自古亦为瑶地，"后士民顿姓盛，遂以名顿家山"。该乡原属溆浦县"十大瑶山"之"白水瑶山"，1956年划归隆回县管辖。过去经新化、隆回入溆浦必经此地。这里的自然景观，格外引人入胜，使人着迷。

刘家渡考重温"辞海精神"

沿着舒新城先生的足迹来到他出生地刘家渡村，当地政府在他故居原址上修建了《舒新城纪念馆》。舒新城（1893—1960），湖南溆浦人。中国近代著名的教育家、出版家、辞书编纂家。1929年任中华书局主编兼编辑所长，长达30余年。其一生著述颇丰。从1936年开始编纂出版了中国第一部《辞海》，修订编纂中字斟句酌、一丝不苟的精神，一直被世人传颂为"辞海精神"。走进舒新城纪念馆，中间屹立一座舒先生的铜像，陈列室的两边有厢房，作为接待室和图书室。整个纪念馆的陈列分五个部分：一、生平陈列室；二、日记陈列室；三、著作陈列室；四、文物陈列室；五、信札陈列室。从陈展资料里，知道他不但是教育家、出版家、摄影家，还是一位杰出的社会活动家。在信札陈列室里，我们从一封封古旧的信函中看到，舒新城与众多名人有交集，如，赵元任，语言学家、音乐家；梁漱溟，哲学家、教育家、国学大师；张元济，出版家、教育、实业家；徐悲鸿，中国现代画家、美术教育家、中央美术学院院长；诗人徐志摩、建筑学家梁思成，历史学家向达等。一共132封信札，陈列出119封。这些都是七八十余年的珍贵史料，从中可以领略到众多名人大家的风采和欣赏彼此不同的书法艺术。舒新城是国人的骄傲，是湖南人骄傲，更是溆浦人民的骄傲。

　　沿着先贤的足迹，重拾茶马古道遗风，历史留给后人无限遐想；在茶马古道上读懂了生生不息的传承；感悟到先辈们坚毅顽强的精神；过往的足迹和马蹄声已消逝在历史长河中，新时代的"茶马"道上有我们雄风霸气的身影在努力前行。相信雪峰山明天会更美好！

犟老头经安先生

不见经安先生已经五年多,我十分想念他。

经安先生是我的老师,那些年我一直跟着他做地方文化的研究工作。虽然我不是他最出色的学生,但他却是我最崇敬的老师。他对地方文化研究的热爱,可以用"匠心致传承,笔墨写春秋"这句话来概括。

认识经安先生已长达十年时间。2013年,在一次去思蒙的考察旅游当中,我第一次见到经安先生。当时,他六十多岁,相貌清奇,幽默诙谐,讲解中不断地用手势比画,声情并茂,非常吸引人。在讲解过程中,他甚至把溆浦的历史延伸到一千多年前城南的梁家坡。梁家坡是黔中武陵郡义陵县古城遗址,位于距今县城2千米,属溆水的三级台地。听着讲解,我大开眼界,觉得这个老头儿博古通今、知识面广,让我饶有兴致地从头听到尾。在他一个人像导游一样孜孜不倦地介绍溆浦地方文化时,只有我一个人非常认真地听他解说,还不时地点头附和,这引起了他对我的注意。他觉得我这样一个女子对文史知识这么感兴趣,应该属于"孺子可教"的类型。于是,他主动跟我说要加联系方式,并告知他的办公室地址在县总工会四楼。他还说自己收藏有许多文史类的书籍,如果需要可送我几本,有时间可以多互相交流。

过了几天,他打电话问我懂电脑操作不?我告诉他以前学过一些电脑知识。他说,《涉江》杂志需要校稿,他年纪大了,眼睛不行,看不清楚了,需要我给他帮忙。我想,一个老人家好不容易向我开口寻求帮助,就帮帮他吧。我当时在建材市场和朋友开了一家店,白天守店,晚上正好有时间。第二天,我便从他那儿要来《涉江》文史刊物电子版,在电脑里打开一看,里面包含着"溆水儿女""沧桑百年""地方文化""回首往事""骚风楚韵""屈学论坛"等栏目——难怪他的知识如此渊博,杂志里还有他的三篇与考古和历史人物有关的文章。这以后我才知道,他是一位真正德高望重的文史专家,难怪县里的人都尊称他为禹老师或考古老头。

  那一年帮他校稿,使我更深层次地了解了自己家乡的人文历史,还发表了《圣庙山由来》和《百岁坊》等文章。在他的谆谆教导下,我被拉进了文化队伍,聘为《涉江》杂志的副主编,和他一起专职做地方文化的研究工作。这份工作虽然资酬微薄,但为着一个共同的爱好,我们依然并肩同行。后来,《涉江》杂志被经安先生改名为《涉江论坛》,包罗了更多的文化史料,可读性更强。这本杂志,一直到经安先生逝世一年后才停刊。

  说起对文史知识的喜欢,可以用"痴"来形容经安先生。无论是县里请他接待外面来的文化人还是政要领导,他都会讲解溆浦的人文历史,大力宣传溆浦的屈原文化。有一次,他在溆浦的防洪大堤散步,恰巧遇见一位久未谋面的老朋友,便扯着那个朋友从桥头说到桥尾,满嘴屈原文化。后来人家要走了,他还意犹未尽地扯着别人不放。第二天就传开了,这个禹老头一说起地方文化就"痴"得很。"痴"的同时,他还非常有个性的"犟"。有时,和别人的观点不同,他认真起来,会争得面红耳赤脖子粗，捶胸顿足也不放弃。有一次，他陪同一些从外面来的文化名人游思蒙，吃饭期间讲到溆浦文化，在众目睽睽之下特意指出2015年编撰的《溆浦县志》存在一些问题："这本县志编撰得不咋地，有些事件待考究，一点儿也不厚重。"当时，县志的编撰人员也在那里，他竟然当着那人的面如此说，让人家下不来台。县志编撰人员当着他的面生气地说："我的车不会搭禹经安了，让他自己走路回县城。"他头偏向一边梗着脖子回答道："走路就走路，我就不信回不了县城。"结果搞得两人不欢而散。他刚正不阿、敢说敢做，只要是认定的事，九头牛都拉不回来，人送雅号"犟老头"。

正是他的"犟"，让他的个性非常鲜明。喜欢一件事就会执着地去做，佩服一个人或有好感，他就会义无反顾地去帮。他说自己最佩服溆浦的一位能人陈黎明先生，说他有钱不去享受，却在溆浦搞旅游开发做贡献，是一个有情怀有思想的人。2013年年底，他所在的县总工会办公室搞装修，没别的地方去，正是冬天，又没有空调，屋里冷得让人直打哆嗦。但他工作起来就像拼命三郎一样，坚持天天上班。我怕他感冒，就和他说可以在家办公，有什么资料可以让我来做，毕竟我年轻，扛得住。后来陈黎明知道了，马上在县工商银行三楼空出来一间办公室，装上空调和电脑让我们办公。陈黎明的这一举动，让经安先生非常感动。后来，经安先生以桃报李，主动加入由陈黎明主持的怀化市雪峰文化研究会，尽心尽力为雪峰文化传承薪火贡献力量。

2018年7月20日，湖南师范大学副校长周俊武带领一批学者来溆浦调研国立师范学院原址。湖南师范大学的前身是国立师范学院，1938年夏建于安化蓝田镇（今娄底市涟源市第一中学校址），后因抗日战争于1944年西迁溆浦县马田坪的钟家、郑家、地坪。当时,他们要求我和经安先生一起陪同。那天阳光明媚,天气炎热,早上7点多钟吃完早餐出发。三个地方都有一定的距离,等我们考察完赶到县招待所吃午饭,已是下午三点多。当时经安先生说他有点不舒服,大家都认为他年纪大了,加上天气太热,可能中暑了,就让我送他回家。

我知道他的"犟"脾气,一般小问题都不愿意去医院检查,所以送到家门口时我再三叮嘱他去看医生,拿点药吃。他笑了笑说,只是肚子不舒服,楼下就住着一位医生(他妹郎是本地有名气的中医),可以随时看病拿药。到了晚上六点多钟,我给他打电话,问他好一些了没。他说拿的药没有用,还是拉肚子。我就让他去医院检查看看。哪知这一去,就在医院里没有出来。

医生初步检查说是肠穿孔,必须做手术。我惦记着他,经常打电话询问情况,得知手术做得还顺利,非常欣慰,就去中医医院看他。我看他骤然消瘦了很多,但精神还不错,还是那样幽默风趣。经安先生说只是一个切除手术,没事,一副轻描淡写的样子,好像只是一个小手术而已。

我心里想,休息一段时间,经安先生就又可以和我并肩作战了。那时,我没有想到病情会那么严重,以为他真的康复了。

可是没有几天,他打电话来说,肚子里的水排不干净。于是,我又跑到医院去看他。医生说得再打开腹部检查。我以为县中医医院的医疗水平没有县人民医院好,就让他去县人民医院检查一下再说。哪知去县人民医院一检查,被告知是肝腹水——我真没想到病情发展得如此快,更没想到会如此严重。再次去看他的时候,他依旧若无其事。换了别人，得了重症，早就心灰意冷、意志消沉了。可经安先生还是整天乐呵呵的，得空就玩微信，有时一天能发好几条朋友圈。有几个老朋友忍不住还在微信里跟他开玩笑。实际上，他是在用自己的乐观、顽强与命运之神展开一次殊死搏斗。

过了二十多天，状况越来越糟糕。我把师母叫出来询问情况，并建议送他去长沙的大医院看看。后来去了长沙，但仅仅四天又打道回府，住进了县人民医院。我再去医院看他时，师母不在，于是问了他儿子，被告知长沙湘雅医院的医生下了诊断通知，他属于肝腹水晚期，挨不了几天了，师母去照相馆冲洗经安先生的相片，为他的后事做准备了。我一听犹如晴天霹雳，心里一下子接受不了，一时间不知道怎么办才好。

再看经安先生时，他已经消瘦得不是原来的模样，肚子上围着手术后的绷带，精神大不如以前。我忍着泪水替他打气，安慰他：好好休养，我把您的办公桌抹得干干净净的，等你回来上班，还有您没有写完的《七十二匠》等您来完成。他却叮嘱我，好好写文章，多为雪峰山服务，跟对人就会越来越好。我点了点头，一转身已是泪水涟涟。

他生病后，不断有朋友打我的电话来询问情况。我经常带关心他的朋友去探望，有文化界的朋友，也有县委、县政府的领导，雪峰山文化研究会的陈黎明也去医院探望了他。尽管是在医院，但他的"犟"脾气依然不改。他一直惦记着桥江章池的严如熤故居没有发掘出来，一再要求县领导重视它的存在，一定要把老宅保护起来。

自从他生病以后，他的亲人、同事、朋友，给了他太多的爱。他常常说：活到这个境界，痛并快乐着，一生无憾了！

经安先生从生病到去世只经历了短短45天，但他的一生都致力于溆浦文化的收集、整理与研究，为溆浦屈原文化、舒新城文化、雪峰山花瑶文化、雪峰山抗战文化、龙潭民俗文化、宗祠书院、雪峰山下的历史人文风情以及国立师范学院相关资料的收集整理与研究做出了巨大贡献。

想见风范空有影，欲闻教诲杳无声。经安先生走了，但他的音容笑貌将永远铭记在我们的心中，生命虽已逝去，但他"犟"的精神必将永存。

后 记

几次提笔写后记，却因为事情多而耽搁了，拖到现在才开始提笔。这本书是慢慢积累起来的。从2019年开始写，里面有诸多感触。不用言语，只用文字记录下自己的所思所想，收集成为内心的宝藏。

它是一本散文，但也不是真正意义上的散文，里面有一些像小说，带有散文式的小说。给著名作家赵本夫老师看了以后，他在序里面写道："《时光漏香》是一部风味独特的散文集。"人生浮世三千，生命转换层叠，不断地延续和更新，里面有不一样的人间烟火。

几年前一直和禹经安老师忙着搞地方文化，溆浦刘家渡的舒新城故居、灵翠山公园的风雨桥、长乐坊风光带的辞海广场等都留下了我们辛勤的汗水。禹经安老师已经过世6年多了，他是我的良师益友，在地方史上是他带给我用之不尽的宝贵财富。《时光漏香》里的《漫谈溆浦宗祠》《旧时光里的老行当》《湖湘文化与溆浦书院》这些文章与地方文化息息相关，都是长年累月在禹经安老师的带领下慢慢积累而成。清明即至，提笔缅怀我们曾走过的时光。

　　对我自己来说，这本书有着不同的意义，是我的第二本散文集。它是我生命的一段历程，遭遇的寒冷、枯寂和孤独，也许让你无法忍受，但是等你真正身处深海时，会发现这里同样有暖流、生命、广袤的天地。认真生活的人，你会收到一份馈赠。

　　集子即将付梓，向拨冗为我散文集写序的赵本夫老师和一直帮我整理初稿的一中老校长彭靖武老师、审稿的老县委书记杨帆老师以及给予帮助的湘楚木作古建筑董事长彭小明先生表示深深的谢意。

2024年5月2日写于鎏金广场